Roland Griem
101 Gründe, nicht zu arbeiten

SERIE PIPER

Zu diesem Buch

Na, keine Lust zu arbeiten? Legen Sie die Füße hoch und nehmen Sie ein gutes Buch zur Hand. Denn arbeiten ist ungesund: Untersuchungen über die Lebenserwartungen von arbeitenden und nichtarbeitenden Menschen zeigen es deutlich! Beugen Sie durch Nicht-Arbeit Krankheiten wie Zeitkrampf, Meckersucht oder Datengicht vor. Falls alle Versuche, das Arbeiten aufzugeben, fehlschlagen, bleibt Ihnen noch ein alter, aber äußerst wirksamer Verkäufertrick: Suggestion. Antworten Sie Ihrem Arbeitgeber einfach bei der nächsten Dienstanweisung: »Tut mir leid, so etwas wird heute nicht mehr verlangt.« Bitten Sie Ihre Freunde und Bekannte, das Gleiche zu tun. Mit etwas Glück betrachtet jeder vernünftige Mensch Arbeit dann schon bald als ein Begehren verirrter Zeitgenossen.

Roland Griem, geboren 1968 in Kiel, hat nach eigenen Angaben keinen vernünftigen Beruf und bürgt deshalb mit seinem guten Namen für jedes Wort in diesem Buch. Unter anderem ist er bekannt als das Duo »SammaWommaNomma« mit Oliver Ott. Außerdem moderiert er regelmäßig »Schmidt's Mitternacht Show« und ist Autor für die »Wochenschau« bei SAT1.

Roland Griem

101 Gründe, nicht zu arbeiten

Piper München Zürich

Von dieser außergewöhnlichen Reihe liegen in der Serie Piper vor:
101 Gründe, ohne Frauen zu leben (Jens Oliver Haas, 3165)
101 Gründe, kein Fernsehen zu gucken (Jens Klocke, Laabs Kowalski, 3166)
101 Gründe, ohne Männer zu leben (Gerlis Zillgens, 3167)
101 Gründe, nicht zu studieren (Bernd Zeller, 3168)
101 Gründe, kein Auto zu fahren (Matthias Sommer, Björn Pfeffermann, 3169)
101 Gründe, keine Kinder zu kriegen (Stefanie Baumm, 3170)
101 Gründe, kein Ossi zu sein (Bernd Zeller, 3512)
101 Gründe, ohne Fußball zu leben (Marko Lucht, Dirk Udelhoven, 3399)
101 Gründe, nicht zu arbeiten (Roland Griem, 3532)
101 Gründe, ohne Frauen zu leben / 101 Gründe, ohne Männer zu leben (Jens Oliver Haas, Gerlis Zillgens, Doppelband, 3774)

Den Arbeitenden im »Blücher« für Wein und Inspiration
Verena für's Mobbing
Virdi für Böses
Und Olli sowieso
Danke.
Roland Griem

Ungekürzte Taschenbuchausgabe
Piper Verlag GmbH, München
Januar 2003

Umschlag / Bildredaktion: Büro Hamburg
Isabel Bünermann, Julia Martinez /
Charlotte Wippermann, Katharina Oesten
Foto Umschlagvorderseite: Ewout Staartjes / ZEFA
Foto Umschlagrückseite: Rake Verlag
Gesamtherstellung: Clausen & Bosse, Leck
Printed in Germany ISBN 3-492-23532-8

www.piper.de

NA? FEIERABEND?

Oder warum nehmen Sie dies Buch zur Hand?

Nein! Nun schlagen Sie es nicht gleich wieder zu! Keine Angst! Es ist ja nicht verboten, sich für so einen Titel zu interessieren. Im Gegenteil, es bedeutet nur, dass Sie das eine oder andere Mal schon darüber nachgedacht haben, warum und für wen zum Teufel Sie eigentlich arbeiten. Das ist ganz normal. Vielleicht sind es die Abzüge auf Ihrem Lohnstreifen, oder Sie sind Glasermeister in einem Tornadogebiet. Eine gesunde Skepsis gegenüber dem Sinn und dem Wert der Arbeit ist eine ganz natürliche Reaktion.

Anfang der 30er Jahre hatten viele deutsche Männer keine Arbeit und einige Familien kein Dach über dem Kopf. Dreizehn Jahre später war dann endlich Gerechtigkeit eingekehrt. Dächer, Männer und Familien hatte man größtenteils abgeschafft und unsere Großmütter fanden jede Menge Arbeit im «Do-It-Yourself»-Wohnungsbau. So richtig glücklich schien aber trotzdem niemand zu sein.

Kein Wunder. Denken Sie mal an Ihre ersten Erfahrungen mit Arbeit. Ich rede jetzt nicht vom Verteilen lausiger Werbezettel in dünn besiedelten Einfamilienhaussiedlungen. Damals wußte man ja schon um das Prinzip der Gewinnmaximierung, indem man die Softgetränke-Sonderangebote tonnenweise im Hausmüll versenkte, um den Stundenlohn auf drei Mark hochzutreiben. Fangen wir viel früher an, in der Kindheit.

Mein Erstkontakt mit Arbeit bestand darin, dass ich lernen musste: Arbeit ist ein Spielverderber. Tagsüber hatten meine Eltern keine Zeit zum Überfall auf die Playmobil-Burg. Der Grund: Sie mussten arbeiten. Abends fiel der Überfall auf die Playmobil-Burg ebenfalls aus. Der Grund: Die Alten waren zu müde von der Arbeit. Nachts konnten sie die Playmobil-Burg auch nicht überfallen. Der Grund: Dann wären sie zu müde für die Arbeit gewesen. Als ich mich über diesen bescheuerten Teufelskreis beschwerte, behaupteten meine Eltern, würden sie nicht arbeiten, hätte ich auch keine Playmobil-Burg. So ein Quatsch! Oma hatte mir die Burg geschenkt und Oma arbeitete nicht. Und was bitte soll man mit einer Playmobil-Burg, wenn man sie nicht überfallen kann? Meine Eltern hingegen arbeiteten und besaßen deshalb auch keine Playmobil-Burg.

Da fiel meine erste grundsätzliche Entscheidung für ein Leben mit Playmobil-Burg und ohne Arbeit. Selbst subtiler Propaganda wie Kinderpost und Kaufmannsladen widerstand ich wie Fidel Castro dem E-Commerce. In der Schule gab es dann allerdings ein Verbot für Playmobil-Burgen. Ungeschützt und entwaffnet musste ich Schwungübungen über mich hinweg fegen lassen, bis die Angreifer endlich meine Generationsgräben überwanden und die Bildungspfeiler meine Tore rammten. Am Ende der Invasion blieb mir nur die niederschmetternde Erkenntnis: Ich arbeite, die Playmobil-Burg ist kaputt und um eine neue zu kaufen, müsste ich mehr arbeiten. Meine Burg war einfach im Teufelskreis verschwunden und das letzte Spiel schien verloren.

Ich suchte daraufhin Trost in billigen Arbeitsverhältnissen, wurde in verschiedenen Fällen tätig, verfiel den Stempelkarten, suchte verzweifelt nach Lohnsteuererklärungen für mein Dasein und kam schließlich zu dem Schluss: Die einzige Möglichkeit, das Krauchen aufzugeben, ist einfach damit aufzuhören.

Und weil kein Buch dabei hilft, habe ich diesen Ratgeber geschrieben. Er ist didaktisch aufgebaut. Das hilft Ihnen beim Lernen. Sie können sich in der ersten Lektion ganz bequem über die Gefahren des Arbeitens informieren, während ich Ihnen anschließend in der zweiten Lektion zeige, wieviel Spaß die Arbeitslosigkeit machen kann. Und das Beste ist: Im Gegensatz zum Ratgeber «Lohnsteuer 2001» sind Sie nach Grund 101 schlauer als vorher.

Noch ein Wort in Sachen politischer Korrektheit. Ich möchte nicht nur die als Frauenbeauftragte beauftragten Frauen um Verständnis bitten, wenn ich bei den Begriffen «Arbeiter» auf die Bezeichnung «ArbeiterInnen» verzichte, da es auch viele Frauen gibt, die im Außendienst beschäftigt sind. Wenn ich aus dem «Land des Arbeiters» erzähle, meine ich immer auch den ArbeiterInnen- und Ba(ä)uer-Innenstaat.

Des Weiteren mache ich die Gewerkschaften und Betriebsräte darauf aufmerksam, dass ich den Begriff «Arbeiter» nicht im Sinne einer sozialen Statuszugehörigkeit verwende, sondern ausdrücklich auch die Direktion der Deutschen Bank in diese Bezeichnung mit einschließe. Folglich darf das Wort «Arbeiter» von mir genauso wenig im Sinne von «Proletarier» verstanden werden wie das von mir verwendete Verb «arbeiten» mit «rumprollen.»

Zuletzt möchte ich alle Arbeitgeber darüber informieren, dass mein Verleger auch einer ist. Also, keine Angst! Umstürze, Barrikaden und Majestätsmorde sind selten geworden in einer Welt, die sich als Sprachrohr ihrer Empfindungen auf den Grand Prix d'Eurovision geeinigt hat.

So, jetzt haben wir's endlich.

LEKTION I: DU SOLLST NICHT ARBEITEN

KAPITEL I: DER UNWERT DER ARBEIT

GRUND I: EIN EVOLUTIONÄRES RISIKO

Jedes Buch hat unbedingt mit einem historischen Rückblick zu beginnen. Eine lange Geschichte ist nämlich immer auch ein Ausdruck von beständigem Wert und zeitloser Bedeutung. Bitte schön: Die Arbeit hat eine lange Geschichte. Aber das hatten die Neandertaler auch und ich möchte Sie, liebe Leser, daran erinnern, was mit denen geschehen ist: Richtig, sie sind ausgestorben. Anthropologen rätseln noch heute an den genauen Gründen für die Niederlage dieses Volkes, denn eigentlich waren die Neandertaler doch ganz auf der Höhe der Zeit.

Sie kamen aus dem Rheinland, sorgten für einen Bauboom auf dem Höhlenmarkt, verdingten sich als Steinmetze in der Rüstungsindustrie, begründeten mit ihrer Pelzmode die Textier-Branche, waren sich für keinen Knochenjob zu schade und boten allem Fremden feindselig ihre Charakterstirn. Warum wurden sie ausgerechnet durch eine Spezies verdrängt, die sich Bierdosen in Baseballcaps steckt und Chuck Norris Filme ansieht? Jeder ausgewachsene Neandertaler hatte bewiesener Maßen ein größeres Gehirn als unser Arbeitsminister. Aber statt durch Neandertaler macht das Rheinland heute fast nur durch professionelle Autofahrer von sich reden und selbst Schumi Fans hätten damals wohl kaum auf den Sieg unserer Rasse gesetzt. Woran lag es also?

Betrachtet man sich die archäologischen Funde genauer, so fällt zunächst eines auf. Man fand bei den Neandertalern zwar jede Menge Werkzeuge und Arbeitsgeräte, aber nirgendwo ein Feierabendbier. Hinweise auf Arbeit zählten die

Forscher mittlerweile jede Menge, aber kaum welche auf Kunst und keinen einzigen auf Cluburlaub. War es vielleicht so, dass die Neandertaler gearbeitet haben, bis sie einfach umfielen? Wir sollten dieses Risiko zumindest im Hinterkopf behalten und uns auf mögliche Alternativen vorbereiten, falls plötzlich irgendeine Spezies auftaucht, der durch besondere Entertainer-Qualitäten ein genetischer Vorteil erwächst. Eines lehrt uns jedenfalls der Neandertaler: Arbeit kann es nicht sein.

Grund 2: Arbeit kommt von Arbeiten

Laut Dudenredaktion ist das Wort Arbeit «... wahrscheinlich eine Bildung zu einem im germanischen Sprachgebrauch untergegangenen Verb mit der Bedeutung: ‹verwaist sein, ein zu schwerer körperlicher Arbeit verdingtes Kind sein› ...»

In diesem Zusammenhang wird das oft beschworene «Recht auf Arbeit» zu so etwas wie einem «Gutschein für zehn Arschtritte». Der Arbeiter ist damit definiert als Mischung aus Oliver Twist und Kaspar Hauser. Und so fühlt er sich auch.

Weiterhin erklärt der Duden, das Wort Arbeit bedeute «... noch bis in das Neuhochdeutsche hinein, ‹schwere körperliche Anstrengung, Mühsal, Plage› ...»

Ganz genau. In neuhochdeutschen Bussen und U-Bahnen ist das davon abgeleitete Gesicht noch heute jeden Morgen vielfach zu betrachten.

Dann klärt uns der Duden darüber auf, dass erst Martin Luther den sittlichen Wert der Arbeit promotet habe. Durch ihn «... verlor das Wort ‹Arbeit› weitgehend den herabsetzenden Sinn ‹unwürdige, mühselige Tätigkeit›. Es bezeichnete nun die zweckmäßige Beschäftigung und das berufliche Tätigsein des Menschen.»

Ob nun Stickarbeit eine zweckmäßige Beschäftigung ist, sei dahingestellt. Martin Luthers Bemühungen jedoch, uns ein schwer geplagtes Waisenkind als Glücksbärchi zu verkaufen, machen ihn zum ersten echten Politiker Deutschlands. Wäre ich Gerhard Schröder, würde ich Martin fragen, ob er dem Volk nicht bitte auch die Ökosteuer nahebringen könne.

Grund 3: Hausarbeit

Obwohl Helmut Kohl einmal von dem Standort Deutschland als «kollektivem Freizeitpark» sprach, muss man in der Realität allerdings beobachten, dass unseren geliebten Feierabend- und Wochenendtätigkeiten immer mehr der sonnige Entspannungsmoment genommen wird.

Zu einer Zeit, als man sich noch in durch falsche Waschprogramme entstellte Trainingsanzüge kleidete und seine Füße in die Sprossenwände baufälliger Turnhallen steckte, sprach man von «Sport». War der Trainingsanzug zu groß, bezeichnete man es als «Schulsport», war der Trainingsanzug zu klein, dann hieß es «Betriebssport» oder allgemein «Freizeitsport». Wenn heute Bierbauch und Zellulitis an rasselnden Hometrainern bekämpft wird, so nennt sich das «work out», also Ausarbeitung. Die Arbeitsanleitung dazu gibt es auf VHS. Kurz: Man arbeitet an sich und seinem Körper, man leistet. Und das in der Freizeit.

Es gab Zeiten, da warf man seine längst überfällige Schmutzwäsche nach Feierabend in die Waschmaschine, verstreute im Vorbeigehen puderige Substanzen in und um die Maschinenöffnungen, verließ die Waschküche und schaute «Der große Preis». Und voilà – der große Preis für wenig Fleiß war saubere Wäsche, manchmal wurde sie sogar rein, es sei denn, man nannte sich Besitzer eines Hollandfahrrades ohne Kettenschutz. Keinen Menschen hörte man in jenen Zeiten über die große Verantwortung dieser Tätigkeit sinnieren oder mit der ungewissen Zukunft seines Vorderladers hadern.

Irgendwann ermahnten uns dann aber via TV überarbeitet dreinblickende Waschmaschinenmonteure, unbedingt mit einem Entkalker zu arbeiten und machten fortan jeden Waschgang zum Arbeitsgang. Dabei solle man selbstverständlich Energie schonend arbeiten, aber diese Denkarbeit werden Sie sicher schon geleistet haben, denn die nicht verarbeitete Energie wird schließlich noch für andere Arbeiten gebraucht. Wenn sie beim Fernsehen vielleicht mit einer Fernbedienung arbeiten oder während der Fernseharbeit bei der Pflegearbeit mit elektrischen Massagegeräten arbeiten, um so ihre tägliche Entspannungsarbeit zu leisten.

Die angemessene Bekleidung für diese Arbeiten kann natürlich nicht mehr das «Freizeithemd» sein. Oberbekleidungen, die unter diesem Begriff verkauft werden, sind völlig unzeitgemäß und müssen ihr veilchenblau gestreiftes Dasein längst in den Grabbelkisten der Supermärkte fristen. Der moderne Freizeitarbeiter trägt Jogging-Anzug zum Sixpack, so als sei jede Sekunde damit zu rechnen, dass er aufspringe, um sein feierabendliches «work out» zu machen.

Grund 4: Arbeit kostet Zeit

Es gibt einen Unterschied zwischen Politikern und Naturgesetzen. Letztere sind unbestechlich. Und daher sollen sie hier auch einem interessanten Beweis dienen. Wie wir alle sicher noch in lebendiger Erinnerung haben, gilt die Formel:

Arbeit (W) = Leistung (P) x Zeit (t).

Ich beispielsweise hatte in Physik bei fast jeder Arbeit (W) eine Fünf. Das ist kein hoher Wert und meine Lehrer führten das auf meine geringe Leistung (P) zurück, obwohl ich meist recht viel Zeit (t) für die Arbeit (W) aufgewendet hatte. Folglich minimierte ich den Multiplikator Zeit (t) ebenfalls, ich gab die Arbeit (W) schneller ab und ging in die Pause. Und – siehe da – meine Lehrer kamen beim Berechnen meiner Arbeit (W) trotzdem wieder zum gleichen Ergebnis. Mir war das ganz recht. So hatte ich immer noch wenig Arbeit (W), aber viel Zeit (t) für Pacman und Donkey Kong.

Warum ich Ihnen dies erzähle? Jetzt kommt's. Stecken Sie in einem Job, der Ihnen viel Leistung abfordert? Nun, dann nehmen Sie einfach die obige Formel und stellen sie um. Das geht auch in einer kleinen Wohnung.

Leistung (P) = Arbeit (W) x Zeit (t)

Um zu einer hohen Leistung (P) zu gelangen, brauchen sie also viel Arbeit (W). Fragen Sie einfach ihre Kollegen, die werden Ihnen sicher gern aushelfen. Und jetzt heißt es Vorsicht: Da die Arbeit (W) durch die Zeit (t) dividiert wird, könnten Sie Ihre Leistung (P) dadurch schmälern, dass Sie ihr viel Zeit (t) opfern. Lange Arbeitszeiten verursachen Stress und Unbehagen, gerade im Bett. Verbringen Sie also so wenig Zeit (t) wie möglich mit Ihrer Arbeit (W), gehen Sie spazieren, besuchen Sie ein Schwimmbad, lesen Sie den neuen Simmel, Sie werden bald erkennen, Ihr Leistungswert (P) wird größer und größer. Und schließlich ist es allein das, was im Berufsleben zählt.

Sollten Sie durch dieses Verhalten Ihre Arbeit verlieren, dann freuen Sie sich. Bringen sie die Formel in ihren Urzustand. Um bei der Arbeit (W) den Wert Null zu erhalten, benötigen sie nun keinerlei Leistung (P) mehr und haben fortan jede Menge Zeit (t), sich mal was zu leisten.

Jetzt werden Sie vielleicht einwenden, man brauche Geld, um sich etwas zu leisten. Und Arbeit sei wiederum wichtig, um genügend Geld zu haben. Aber schauen Sie sich mal Ihre alten Formelsammlungen aus der Schule an, oder gehen Sie wieder mal in die Bibliothek, sie werden feststellen, der Wert Geld taucht dort nicht auf, er ist kein Faktor – und wir alle wissen, die Naturwissenschaften sind unbestechlich.

Grund 5: Arbeiten ist umweltschädlich

Um Ihnen einen Eindruck davon zu geben, wie sehr ein Arbeitnehmer die Reserven unseres blauen Planeten bedroht, habe ich mal einen repräsentativen Tagesablauf eines Arbeitnehmers aufgestellt:

7 Uhr: Wecken. Um für den Arbeitstag fit zu sein, nehmen Sie ein gutes Frühstück ein. Jährlich produzieren Sie mehrere tausend Tonnen von Joghurt und Marmeladebechern, die über die Deponien in die Atmosphäre gelangen und schließlich den brütenden Vögeln auf den Kopf fallen.

8 Uhr: Abfahrt. Sie steigen in ihr Auto, weil der Bus erstens einen Fahrplan hat wie die Postkutsche von Dodge City, zweitens tatsächlich erst einmal nach Dodge City fährt und drittens Fahrpreise nimmt wie ein Space Shuttle. Mit dem Auto ist man einfach schneller im morgendlichen Stau angelangt. Der Blechlawine entsteigen viele schmierige Substanzen, die in die Alleebäume kriechen, die Vögel zum Kotzen bringen und am Ende des Jahres schließlich unseren Sommer kaputt gemacht haben.

9 – 17 Uhr: Entweder sitzen sie in einem Büro und roden mit Ihren Notizen und Vermerken täglich einen halben

Mischwald samt Vogelnestern, oder Sie gehen in eine Fabrik mit einem Schornstein, der jetzt selbst die Vögel mit dem stärksten Magen zum Kotzen bringt und am Ende des Jahres nun auch unseren Winter kaputt gemacht hat.

17.15 UHR: Die Vögel kennen das schon. Die morgendliche Blechlawine wälzt sich um diese Zeit in die andere Richtung. Spätestens jetzt haben die Vögel den Schnabel voll und ziehen um in ein Naturschutzgebiet, welches bald ein Gewerbegebiet sein wird, in dem über 400 neue Arbeitsplätze entstehen.

Seien Sie doch endlich ökologisch unbedenklich. Bauen Sie die Staus ab, indem Sie bis mittags schlafen. Und wer sich nicht bewegt, muss auch nicht viel essen. Die staatliche Unterstützung, die Sie beziehen, wird sowieso nicht für viel Hausmüll reichen. Im Gegenteil, tun Sie unseren überlasteten Mülldeponien doch den Gefallen und besorgen sich Ihre Lebensmittel und Haushaltsgegenstände aus dem Hausmüll anderer. Sparen Sie Strom und Grundwasser, indem Sie Ihre Wohnung aufgeben und vermeiden Sie Kunststoffe. Man kann sich hervorragend mit Tageszeitungen zudecken. Wenn ihnen einer dumm kommt und wirft Ihnen das Wort «Penner» an den Kopf, dann lächeln Sie und entgegnen: «Arbeitnehmer». Was glauben Sie, wie der sich ärgern wird.

GRUND 6: ARBEIT IST NUR THEATER

Das Prinzip der Scheinarbeit wurde erst richtig bekannt durch die Verhältnisse in der ehemaligen DDR. Dort teilten sich oft bis zu fünf Menschen einen Arbeitsplatz, den es nicht gab. Dieses gut funktionierende Prinzip ist, wenn auch weniger bekannt, ebenfalls der Grundpfeiler unserer Gesellschaft. Im Gegensatz zur ehemaligen DDR haben wir jedoch bessere Kulissen und buntere Requisiten dafür.

Immer wieder meinen wir Arbeit zu erkennen, wo eigentlich keine geleistet wird. Gehen Sie mal in ihr örtliches Rathaus. Sie werden Menschen hinter PCs sitzen sehen und Türen bemerken, die sich öffnen und schließen. Manchmal steht ein Mensch auf, nimmt eine Lage Blätter, verschwindet im Flur, wechselt sogar das Stockwerk und kommt mit derselben Lage Blätter wieder zurück. Alles wirkt geschäftig und arbeitsam.

Um zu überprüfen, was wirklich dahintersteckt, bin ich überraschend in meinem örtlichen Rathaus aufgetaucht und habe mich vor eine Tür gesetzt. Die Beamten rochen Lunte, zogen sich zurück und berieten sich eine gute Stunde hinter verschlossenen Türen wahrscheinlich darüber, wie sie jetzt vorgehen sollen. Schließlich bat man mich herein und ich trug mein Ansinnen vor. Ich beantragte einen Reisepass. Um Zeit zu gewinnen, forderten sie mich auf zu zahlen. Ich hatte keine andere Wahl. Zu dem sofort zu entrichtenden Preis, der in der Höhe guter, gebundener Fachlektüre lag, erhielt ich schriftlich die Option auf ein Büchlein und wurde wieder weggeschickt.

Nach vier Wochen hatte ich mich mit dem Betrug schon abgefunden, als ich die Nachricht bekam, dass ich meine Ware jetzt abholen könnte. Vermutlich gibt es in meiner Stadt nicht so viele Typen, die so etwas besorgen können und über E-Commerce musste das Ding wahrscheinlich erst noch durch den Zoll.

Grund 7: ABM statt IBM

Ständig wird die Kälte unserer Gesellschaft beklagt. Statt Tante Emma gibt es nur noch Uncle Ben's und statt der freundlichen Putzfrau lediglich Putzpläne im Treppenhaus. Doch die Gesellschaft kann auch Herz zeigen. Manchmal gehen Staat und Industrie Hand in Hand in den Sonnenaufgang einer besseren Welt. Gegen die Vereinsamung für ein besseres Selbstwertgefühl bietet die freie Wirtschaft Wodka mit Erdbeergeschmack an und der Staat sorgt für seine Sorgenkinder mit Arbeitsbeschaffungsmaßnahmen.

Ziel ist es, den ausgemusterten Veteranen des Arbeitsmarktes das Gefühl, einen Beruf zu haben, zurückzugeben. Ähnlich wie das Holodeck der Enterprise generiert man dem Betroffenen scheinbar echte Kollegen, erfindet Aufgaben und simuliert Reaktionen.

Den Vergleich mit einer echten Tätigkeit, zum Beispiel dem Knüpfen von Fußmatten in den Justizvollzugsanstalten, hält die ABM natürlich nicht stand. Sie gemahnt eher an das Anglerspiel. Plastikfische werden in einen Pappsee geworfen und wenn man alle geangelt hat, werden sie wieder herein geworfen. Am Ende des Spiels bekommt der AB-Gemaßnahmte immerhin echtes Geld, von dem er sich viele Flaschen Wodka mit Erdbeergeschmack kaufen kann. Warum setzt der Staat diese Menschen nicht bei Tätigkeiten ein, die unserer Gesellschaft wirklich einen Nutzen bringen würden? Hier ein paar Vorschläge:

A. Notieren der Adressen von falsch tickenden Rentnern, die falsch parkende Autokennzeichen notieren, mit anschließendem Adressenverkauf an den Halter des Wagens. Der Erlös geht zugunsten der Aktion Mensch.

B. Kassenbonrollen-Bereithalte-Dienst und Preissouffleur für Supermarktkassiererinnen. Der ABMer muss stets auf dem Laufenden sein, wann eine Kassenrolle voraussichtlich verbraucht sein wird und er weiß, welche Kassiererin zu bescheuert ist. So kann er seine Informationen über Funk an einen Info-Stand weitergeben, der dem Kunden bei der Wahl der Kassenschlange beratend zur Seite stehen kann.

C. Angesichts zunehmender Parkplatznot in den Städten verlieren Schilder wie «Einfahrt freihalten!», «Feuerwehrzufahrt!» oder «Vorsicht Lebensgefahr!» mehr und mehr an abschreckender Bedeutung für die Autofahrer. Das Volksvermögen wird stark geschröpft durch Knöllchen und die hohen Rechnungen der Abschleppdienste. Dabei reicht dem ABMer ein Klappstuhl und eine Tasse Tee, um auf der Sperrfläche rund um die Uhr für Platz zu sorgen. Streßzulagen für den Dienst auf den Feuerwehrzufahrten ostdeutscher Asylantenheime wären ebenfalls denkbar.

D. In der Vorweihnachtszeit sind die feierabendlichen Einkaufsstraßen normalerweise überfüllt von hektischen Berufstätigen, die elektrisiert wie Kaufhaus-Lichterketten alles in ihre Tüten packen, was 40 Mark kostet. Die Verpackungsaushilfen kleben dann Liebe drauf und Schluss. Haben Sie sich nicht schon oft einen Menschen gewünscht, der Ihre Weihnachtseinkäufe erledigt? Ein ABMer wäre schon am frühen Morgen in der Lage auszuziehen, um die Kassen das Klingeln zu lehren. Geben ihm einfach einen Stichwortzettel mit, auf dem Sie die Namen und die Hobbies Ihrer Lieben notieren. Seien Sie mal ehrlich, mehr haben Sie auch nicht im Kopf, wenn Sie durch die Geschenkartikel-Abteilung stolpern. Und ein besseres Geschenk für Onkel Harald als Ihren Limbo tanzenden Nikolaus wird auch ein komplett Fremder finden. Das Beste ist: Hunderttausende von Arbeitslosen im Konsumrausch setzen sogar eine nörgelnde Regierungsopposition schachmatt.

E. Der kleine Mann auf der Straße weiß es schon längst. Er arbeitet und arbeitet, aber die Asylanten und Sozialhilfeempfänger machen Urlaub auf Mallorca. Tun wir ihm doch den Gefallen und den Touristen auf Mallorca gleich mit. Anstatt dass nämlich die armen Urlauber morgens um halb sechs aufstehen müssen um mit Handtüchern die raren Liegestühle zu reservieren, könnten sie doch einfach ihren persönlichen ABMer auf den Liegen übernachten lassen. Dann ginge es allen gut: Der Urlauber hätte keine Arbeit und der Nicht-Arbeitende hätte seinen Urlaub.

Grund 8: Arbeit ist Tierquälerei

Ein Haustier hebt die Lebensqualität. An den Supermarktkassen liegen kostenlose Magazine aus. Da steht so etwas drin. Haben Sie noch nie so ein Magazin mitgenommen? Komisch, ich auch nicht. Trotzdem stimmt's. Aber Haustiere haben gegenüber Verwandten einen Nachteil. Man muss sich um sie kümmern, sonst sterben sie. Und es gibt noch einen Unterschied zu Verwandten. Wenn Haustiere sterben, dann merkt man es.

Fünf Arbeitstage in der Woche machen aus einem Dackel eine stumme, inkontinente Anklage und selbst einen Vogel können Sie nicht bei der Stange halten, wenn Sie ständig Vielfliegermeilen einheimsen. Sogar Krill will ab und an Zuspruch. Viele Arbeitnehmer entscheiden sich daher gegen Tiere und für Yorkshire Terrier.

Ein Nicht-Arbeiter hingegen hat nicht nur viel Zeit für seine Vier- bis Achtbeiner, sondern er kann die Tiere sogar dazu nutzen, dass sie ihn seine Arbeitslosigkeit vergessen lassen. Mit der richtigen Haustierwahl läßt sich das Arbeitsumfeld nämlich leicht simulieren. Eine Katze ersetzt mindestens ein Dutzend Arbeitskollegen. Egal, was man ihr sagt, sie macht was sie will, sie schläft auf dem Schreibtisch und wenn sie Konkurrenz wittert, zeigt sie die Krallen.

Ein Goldfisch im Glas ist vergleichbar mit dem Pförtner eines Amtes. Er sitzt den ganzen Tag hinter Glas und träumt von einem schönen Aquarium.

Wozu brauchen Sie zum Beispiel einen Chef, wenn Sie einen Hund haben? Ein Hund kann auch kaum etwas selbstständig erledigen. Wenn es eilt, müssen Sie ihn an die kurze Leine nehmen und für sein Geschäft macht man am Ende Sie verantwortlich.

Grund 9: Arbeit macht hässlich

Nicht nur Niki Lauda ist ein Argument für diese These, auch in ganz alltäglichen Arbeitsverhältnissen finden wir Tendenzen zu grausamen Entstellungen im Dienste des Dienstes.

Tätigkeiten auf dem Bau erfordern Kopfbedeckungen, die erwachsene Menschen zu Lego-Männchen degradieren, während einem die Kopfbedeckungen des Fastfood-Personals eher ein fröhliches «Helau» entlocken. Alberne Kleidung ist dabei aber kein Hinweis auf die Gehaltsklasse. Sauteure, unglaublich spezialisierte Ausnahmechirurgen rennen mit Duschhäubchen durch ihre Wirkstätte und selbst Politiker haben sich mittlerweile dem optimistischen Erscheinungsbild von Gebrauchtwagenverkäufern anzupassen. Lediglich die orange-farbene Weste der Straßenarbeiter fand kurze Zeit positive Akzeptanz bei Techno-Jüngern, aber die Typen standen schließlich auch auf Gasmasken.

Demütigende Berufskleidung wird gern von Betrieben funktionalisiert. Was früher die schmiedeeiserne Kette am Fuß des Sklaven war, ist heute das integere Kostümchen mit Namensschild. Wenn zum Beispiel eine Firma junge Menschen als Promotion-Team durch die Diskotheken schickt, muss sie im Vorfeld dafür sorgen, dass die jungen Arbeiter nicht durch mögliche Geschlechtspartner abgelenkt werden.

Blähende Blousons in Signalfarben ernüchtern den angetrunkenen Heißsporn und Caps mit der Aufschrift «Brötchenbingo» machen deutlich: Hier ist kein Jagdrevier, sondern nur ein Rubbelfeld.

Grund 10: Wer arbeitet, nimmt anderen den Arbeitsplatz weg

Vielleicht schmunzeln Sie jetzt und finden diesen Spruch lächerlich, aber bedenken Sie bitte, dass es sich hierbei um das vollständige Parteiprogramm sämtlicher rechtsradikaler Gruppierungen handelt. Lachen Sie daher nicht zu laut. Diese Jungs und Mädels bezahlen meist jemanden, der lesen kann und eventuell ihre Adresse herausfindet.

Nehmen Sie die Aussage also ernst und machen Sie sich bitte bewußt: Mit ihrer Tätigkeit nehmen Sie mindestens einem Ausländer die Arbeit weg. Sie zwingen die Immigranten damit in einen Strudel aus Illegalität und Kriminalität.

Grund 11: Wer arbeitet, blockiert die Zukunft

Machen Sie sich klar: Die Kinder sind die Zukunft unserer Welt. Früher, als die Welt noch in Ordnung war, durften Kinder im Bergbau arbeiten, heute nur noch als VIVA-Moderatoren. Ansonsten ist ihnen die Arbeit mittlerweile untersagt. Deshalb müssen Kinder erst langwierig Jugendliche werden, bevor sie auf den Arbeitsmarkt stürmen. Diese Zeitspanne, ungefähr 16 Jahre pro Kind, sollte Ihnen als Arbeitnehmer eigentlich reichen, um Ihre Schäfchen ins Trockene zu bringen. Die Realität sieht leider anders aus, denn was finden die Jugendlichen nach ihrer Ausbildung vor? Sie! Ja, genau Sie halten stur an Ihrem Arbeitsplatz fest und verbauen unserer Zukunft damit den Weg. Sie sollten sich wirklich was schämen.

Grund 12: Arbeit macht Träume kaputt

Waren Sie auf dem letzten Klassentreffen? Nein? Sie sollten mal hingehen. Dann werden Sie erfahren, dass der Theaterstar ihrer Schule täglich auf der Hebebühne der elterlichen KFZ-Werkstatt steht. Das angehende Fotomodell aus der 10C knipst jetzt ihre Kindergartengruppe und der Aussteiger hat es auf dem Weg nach Kanada immerhin nach Krefeld geschafft. Boris will immer noch die Welt umsegeln, dafür jobbt er ein bißchen als Geschäftführer eines Küchenstudios. Sonja schreibt neben ihrem ersten Roman auch die Gehaltsabrechnungen für alle Niederlassungen.

Und was machen Sie denn jetzt so?

Grund 13: Arbeit ist unsexy

Viele Pornofilme wollen dem Konsumenten vermitteln, Arbeit und Sex seien eine gelungene Paarung. Gern genommen wird die Kundin in der Werkstatt von dem Prachtkerl im Blaumann. Aber auf den zweiten Blick erweist sich die Darstellung als völlig unrealistisch. Der Handwerker kommt nicht zu spät und stellt seine zusätzliche Leistung auch nicht in Rechnung. Wer soll das glauben?

Tatsächlich befruchten sich Sex und berufliche Tätigkeit wie Napalm und Laubwald. Gehen Sie mal in ihre Hausbank, schauen Sie hinter die Schalter. Ist Ihnen dann nach heißen Flirts und wilden Liebesspielen zumute oder doch eher nach einer Überweisung. Na? Wie sexy ist ein Mann, der mit einer Papiertüte auf dem Kopf in der Backstube Stutenkerle ausrollt? Und wenn dieser Mann Stunde um Stunde weiße, weiche Massen geknetet hat, hat er dazu dann noch nach der Arbeit Lust? Die Wahrheit ist: In Deutschlands Feierabendbetten werden weit mehr Fernbedienungen gedrückt als Geschlechtspartner und bei feuchten Gedanken wird gleich der Klempner gerufen. Die beliebtesten Arbeitssymbole zum Sammeln sind daher nicht die Tänzerinnen aus dem Crazy Horse, sondern die Schlümpfe. Sie repräsentieren den Arbeiter: Er schwingt sein Werkzeug und ist immer blau. Sexy ist er jedenfalls nicht. Unser Arbeitsminister hat eben kaum Ähnlichkeit mit Dolly Buster.

Grund 14: Sei solidarisch!

Ein Politiker ist ein Mensch mit einem Haus am Starnberger See. Ein Liedermacher ist ein Mensch mit einem Haus auf Sylt. Beide haben ihre Häuser nicht durch Arbeit verdient, sondern durch ihre Aufrufe zur Solidarität. Menschen mögen Politiker und Liedermacher. Menschen wählen sie in Landtage und Hitparaden (Walter Scheel hat beides geschafft) und sorgen dafür, dass man als Spaziergänger nicht mehr an den Starnberger See gelangt und dass die Grundstückspreise auf Sylt explodieren.

Menschen solidarisieren sich gern mit Politikern und Liedermachern. Aber das haben die ja gar nicht gewollt. Die wollen, dass wir uns mit den Armen und Geknechteten solidarisieren. Das geschieht manchmal auch automatisch. Als Wessi wird einem die Solidarität für die Ossis gleich brutto abgezogen und unsere Umwelt bekommt unsere Solidarität nun in der zweiten Stufe. Welche Armen und Geknechteten bleiben da noch? Mein Vorschlag wäre: Die Arbeitslosen.

Jetzt fragen Sie sicher, wie man das macht? Meine Gegenfrage lautet: Wie hat die Biologin Diane Fossey ihre Solidarität und Fürsorge gegenüber den Berggorillas ausgedrückt? Sie hat mit ihnen gelebt und zur Verärgerung Ihrer Erbtante auch WIE sie gelebt. Also, leben Sie doch einfach wie die Arbeitslosen, damit sind Sie moralisch auf der sicheren Seite. Diane Fossey brauchte Jahre, um sich ihren Schützlingen anzunähern. Sie hingegen müssen lediglich einmal in die Kasse langen oder ihre Stempelkarte fälschen.

Grund 15: Arbeit drückt die Quote

Die Bekämpfung der Arbeitslosigkeit ist heutzutage das erklärte Ziel aller Politiker, egal welcher Ausrichtung. Dieses Ziel wird pünktlich zum Wahlkampf in aufwendigem Dreifarbendruck auf alle Fahnen geschrieben, es werden tonnenweise Aufkleber und Plakate produziert, die in wechselnden grammatikalischen Konstruktionen die Worte «Arbeit» und «Zukunft» kombinieren. Arbeit ist ein Produkt wie «Unser Bestes» und die Verkäufer leben gut davon. In der Gastronomie heißen Kunden «Gäste», in der Tourismusbranche spricht man von «Passagieren» und auf dem Arbeitsmarkt gilt neuerdings die Bezeichnung «Arbeitssuchender». In der Tagesschau lässt sich der Börsenkurs der Warengruppe «Arbeit» kontrollieren. Vor dem Hintergrundbild verschwommen wartender Arbeitssuchender gibt der gelbe Pfeil Auskunft über den Erfolg der Verkäufer.

Deutet der Pfeil nach oben, dann hat die Regierungsfirma die nächste Wahl schon so gut wie in der Tasche, zeigt er traurig nach unten, muss die Regierungsfirma ihre Werbestrategie verändern. Üblicherweise wird dann die sinistre Sabotage der Schwarzarbeitersekten beklagt oder das

Flammenschwert gegen das Monstrum der Scheinselbständigen erhoben.

Bei der Produktion und dem Verkauf von Arbeitsplätzen entwickeln Politiker ungeahnte Energien. Aber nehmen wir an, dem Arbeitsmarkt geschieht das Gleiche wie dem Markt für Unterhaltungselektronik. Noch hat nicht jeder Arbeit, der will, aber es gab auch Zeiten, da hatte auch nicht jeder einen Gameboy, der wollte. Aber irgendwann war jedem Schulbussitz ein Gameboy zugeteilt. Die Produzenten begannen daraufhin, die Dinger in verschiedenen Farben anzupinseln und den Verbraucher zu bitten, die Gameboys zu sammeln. Ob Waschmaschinenhersteller diese Strategie ebenfalls in Erwägung gezogen haben, ist mir nicht bekannt. Aber was passiert eigentlich, wenn eine Regierung mit nicht geahnten Energien die Arbeitslosenquote auf Null bringt oder sogar in den Minusbereich? Was geschehe, wenn der Markt gesättigt wäre? Könnte man Arbeitsplätze in verschiedenen Farben verkaufen? Oder den tragbaren Arbeitsplatz für den Urlaub? Den biologisch abbaubaren Arbeitsplatz, bei dem eine Mark zum Schutz der Pandabären abgeführt wird? Die Politik befände sich in einer großen Klemme. Politiker pflegen in Klemmen gern ihr Gedächtnis zu verlieren, vielleicht stünden die nächsten Legislaturperioden im Zeichen der Bekämpfung der Amnäsie. Wahlentscheidend wäre dann, wer am melodramatischsten sein Gedächtnis wiedererlangt und in den Umfragen des Alzheimer-Institutes für Meinungsforschung vorn liegt. Noch schlimmer wäre es, die Politiker würden sich erinnern, an andere Themen. Dringend benötigte Abgabenerleichterungen für Besserverdienende und Politiker mit Drittwohnsitz oder die Versteuerung der Pubertät. Angesichts der verhaltensauffälligen Fantasie unserer Politiker müssen wir den Wegfall der Arbeitslosenquote also unter allen Umständen verhindern.

Grund 16: Berufe führen zu Explosionen

Betrachtet man die Rolle von Arbeit und Beruf in Actionfilmen, so werden schnell zwei Dinge deutlich. Erstens: Steven Seagal ist tatsächlich noch schlechter als Chuck Norris. Zweitens: Die Ausübung beruflicher Tätigkeit ist im Endeffekt immer mit erheblichen Sachschäden und schweren Verletzungen verbunden. Zu Beginn der Geschichten zeigt man uns meist einen arbeitslosen Helden, der seine Karriere zugunsten privater Interessen wie Alkohol oder Familiengründung aufgegeben hat. Die Welt ist in Ordnung, Autos stehen in Garagen und die Tankstellen verkaufen neben Benzin auch belegte Brötchen. Doch dann wird der Held gezwungen, seinen früheren Beruf wieder aufzunehmen, obwohl der für ihn immer mit traumatischen Erinnerungen (sterbende Kollegen, versehentlich erschossene Kinder usw.) verbunden ist. Anstatt sich also beim Amtsarzt ein Attest ausstellen zu lassen, kehrt der Held an seinen Arbeitsplatz zurück, schiebt Überstunden, durchwacht unbezahlte Nachtschichten und ernährt sich falsch. Die Welt stürzt ins Chaos, zerbeulte Autos jagen über Highways und Tankstellen explodieren.

Nicht nur Versicherungen werden durch diese Arbeit an den Rande des Bankrotts gebracht, Notärzte stöhnen unter der Lawine von Schussverletzten und allerorten liegen Nerven blank. Und wozu das alles? Um einen schmierigen Latino namens Ortega an der Übergabe eines blöden Koffers mit Betäubungsmitteln zu hindern. Obwohl diese Filme uns die Destruktivität von Arbeit seit Jahrzehnten vor Augen führen, lassen Staat und Gesellschaft es zu, dass sich jedes Jahr immer wieder Jugendliche auf dem Arbeitsmarkt verdingen.

Grund 17: Arbeit nimmt Platz weg

Es ist mittlerweile eine Binsenweisheit. Es gibt immer mehr Menschen auf der Erde. Die Erde wird aber leider nicht größer, trotz Dispokrediten, Gleitcremes und Mikroelektronik. Um den bevorstehenden Kollaps zu vermeiden, bleiben zwei Möglichkeiten: Ein zünftiger Weltkrieg befreit uns von uns. Wir könnten dann von vorn anfangen und gleich genügend Parkplätze anlegen. Die zweite Möglichkeit: Wir sparen Platz. Erstere Möglichkeit erfreut sich zur Enttäuschung der Waffenindustrie immer noch sehr geringer Beliebtheit. Die zweite Möglichkeit hingegen liegt voll im Zeitgeist. Überall wird gespart. Man spart bei der Energie, beim Big Mac Menü und beim anderen Müll. Wenn wir also Platz sparen wollen, müssen wir unbarmherzig überprüfen, wie sinnvoll die uns derzeit zur Verfügung stehende Fläche eigentlich genutzt wird. Sind Sie einmal an einem Sonntag durch ein Gewerbegebiet gegangen oder haben sich die Gebäude einer Stadtverwaltung am Freitag um 16 Uhr angesehen? Ich habe im Zuge der Recherchen zu diesem Buch 30.000 deutsche Arbeitsplätze analysiert und mit einer Stoppuhr ermittelt, wie lange die jeweiligen Plätze genutzt werden. Hier eine repräsentative Auswahl:

Auslastung von Arbeitsplätzen (auf 168 Wochenstunden)

Großbaustelle (Berlin Ost) : 170 Stunden = 101,2 %
Stadtverwaltung: 38 Stunden = 22,6 %
Straßenbaustelle (Hamburg): 7 Stunden = 4,1 %
Kundenschalter Bank : 4 Stunden = 2,4 %
Auskunft Deutsche Bahn: 0,8 Stunden = 0.4 %

Mein Verdacht wurde furchtbar bestätigt. Die meisten Arbeitsplätze werden nur zu einem geringen Bruchteil überhaupt genutzt. Den Großteil der Zeit liegen große Fertigungshallen und mit Marmor getäfelte Foyers gänzlich brach. Dabei hätten in einer Filiale Ihrer Hausbank mindestens elf indische Familien Platz. Zu meinem schriftlichen Vorschlag, z.B. die Arbeitsplätze Straßenbaustelle und Auskunft Deutsche Bahn zusammenzulegen und während der Nachtstunden in den Gebäuden der Stadtverwaltung Mangrovenwälder zu züchten, hat sich der Bundespräsident bislang noch nicht geäußert. Daher bleibt uns Ökologen und -nomen vorerst nur eine Lösung: Wir schlagen dem Arbeitsimperialismus ein Schnippchen und verzichten auf die Nutzung unseres Arbeitsplatzes. Machen Sie mit!

Grund 18: Arbeit macht das Fernsehen schlecht

Wenn man Leute befragt, wie sie ihren Feierabend gestalten, erhält man oft die Antwort: «Och, erst schiebe ich mir eine Pizza in den Ofen und dann guck ich noch ein bißchen in die Glotze. Schön abspannen.»

‹Schön abspannen› könnte daher auch der Slogan vieler TV-Sender und Kinofilme sein. Die tägliche Anzahl von Sendungen für Leute, die «abends nicht unbedingt auch noch so was Anspruchsvolles sehen wollen», entspricht quantitativ der Beschäftigungsquote, während die tägliche Ausbeute gut gemachter Unterhaltung oder Information eher mit der Anzahl orthodox-buddhistischer Langzeitarbeitsloser zu vergleichbar ist.

Ein wichtiges Produktionskriterium scheint zu sein, ob Sendungen oder Filme als Bügelhilfe taugen. Sie müssen bunt und laut genug sein, um das Auge zeitweilig auf die Mattscheibe zu lenken, man muss aber das Gesehene sofort vergessen können, um sich voll auf die schwierige Aufgabe des Kragen-Bügelns konzentrieren zu können.

Das Boulevardmagazin hat dabei gegenüber dem Nachrichtenmagazin für den Berufstätigen nur Vorteile. Anstatt sich immer zu fragen, wo diese Moslemenklave eigentlich liegt oder was denn jetzt diese Seperatistenführer wieder von diesem Kofi Dingsda wollen, kann sich der Ruhe-Suchende darüber informieren, mit wem Pierce Brosnan bei der Karstadt-Autogrammstunde gesehen worden ist oder warum Buttermilch in der kommenden Bunjee Jumper-Frühlingsmode voll im Trend sein wird. Ich habe einmal bei «Wetten, dass ...» die Wette eingeschickt, dass es mir gelingt, den Inhalt von einhundert Boulevardsendungen innerhalb von zehn Sekunden zu vergessen.

Die Produzenten der Soap Operas nehmen es den ermatteten Arbeitnehmern sogar ab, sich daran erinnern zu müssen, welche der Serien sie gerade anstarren. Der erkrankte Junge aus dem «Marienhof» wird auch in «Gute Zeiten, schlechte Zeiten» wieder genesen und dem Betrüger aus «Unter Uns» wird spätestens bei «Verbotene Liebe» das Handwerk gelegt. Die Laiendarsteller wechseln lediglich ihre Namen, damit es neben der «Bravo» auch die «Bravo-Girl» geben kann. Und wenn Sie nun bei «Der Clown» einschlafen und bei den «Motoradcops» wieder aufwachen, na und? Hauptsache, der Dealer fällt aus dem Hubschrauber. Manfred Krug kriegt Hannelore Elsner, das weiß man schon, wenn die beiden auf dem Schiff einchecken. Während der restlichen Reise des Traumschiffs können Sie getrost Ihre Dirndl bügeln oder was die Zielgruppe des ZDF sonst noch so macht. Arbeitnehmer werden so von jeder erdenklichen Qual der Wahl erlöst.

Selbst wenn der Malocher ins Kino gehen muss, gibt es mit «Die Braut, die sich nicht traut» und «Star Trek 49» fast im gesamten Kinokomplex nur beruhigende, vertraute Eilande, die einen garantiert nicht auch noch am Feierabend mit neuen Ideen belämmern. Immer auf

Entspannung vertrauen können Sie bei Harrisson Ford, Hugh Grant und Julia Roberts, teilweise etwas unberechenbar sind Bruce Willis, Nicolas Cage und Michelle Pfeiffer. Aber bleiben Sie lieber zuhause. RTL und Co. arbeiten an immer neuen Tricks, das Betäubungsmittelgesetz zu umgehen.

Grund 19: Arbeit ist ein Teufelskreis

Arbeit erzeugt Arbeit. Diese einfache Regel führt dazu, dass alle am Aufschwung teilhaben müssen. Was für eine blöde Erfahrung das ist, wissen wir spätestens seit dem Reckturnen im Schulsport. Können wir endlich den Aufschwung, müssen wir den Umschwung lernen und da mit dem Umschwung meist keiner gerechnet hat, wird alles umgerechnet, so dass am Ende außer den Banken jeder weniger im Portemonnaie hat.

Haben Sie eine Arbeit, dann brauchen Sie einen Nebenjob, damit sich das Arbeiten lohnt. Bekommen Sie schließlich Ihre Rente, müssen Sie Spielhallen beaufsichtigen, um ihre Pension aufzubessern. Eine ganze Industrie von Programmierern, Ingenieuren und Automatenaufstellern arbeitet daran, diese Hallen zu bestücken, um Ihren Arbeitsplatz zu erhalten und Millionen von Jugendlichen sehen sich gezwungen, Jobs anzunehmen, um etwas in die Automaten stecken zu können. Irgendwann arbeiten alle irgendwie und haben vergessen, warum.

Arbeiten Sie hingegen nicht, so dürfen Sie auch keinen Nebenjob haben, weil Ihnen das von der Unterstützung abgezogen wird. So verhindern Sie auf lange Sicht, dass Jugendliche in den Sog des Automatenspiels geraten.

Grund 20: Arbeit bezahlt man mit dem Leben

Spätestens am Ende dieses ersten Kapitels kann ich mir schon die ersten vereinzelten Klagen vorstellen. Ich sei gar nicht objektiv, ich würde Meinungen suggerieren und meine Beweise seien beim Dr.-Fresenius-Institut gekauft. Ich beweise Ihnen jetzt das Gegenteil, indem ich mich mit Kommentaren gänzlich zurückhalte und lediglich die Fakten sprechen lasse.

Deutsche Wert- und Fleißarbeit beeindruckt die Welt nicht erst seit der Logistik des Dritten Reiches. Das Siegel «Made in Germany» steht auch noch heute für unfreundliche Beratung und lange Lieferzeiten. Dieser Status fordert allerdings seinen Preis und auch der ist typisch für deutsche Wertarbeit, nämlich hoch. (Entschuldigung, das war eine Wertung. Ich nehme das zurück.)

Statistische Untersuchungen haben ergeben, dass Spanier und Griechen die höchste Lebenserwartung haben. Jetzt frage ich Sie, kennen Sie die Redewendungen: «Heute habe ich geschuftet wie ein Grieche.» oder «Was er heute kann besorgen, das verschiebt der Spanier nicht auf Manjana.»? Mir sind diese Zeugnisse nicht bekannt. Welche weiteren Schlüsse Sie daraus ziehen, bleibt Ihnen selbst überlassen.

Noch mehr als die Deutschen arbeiten die Japaner. Nach Feierabend treiben viele Betriebssport oder heiraten in der Firma. Man darf sagen, Arbeiten macht den Japanern Spaß. Man muss aber sagen, Japanern machen auch andere Dinge Spaß: Stierhoden schlucken, an schmutziger Unterwäsche schnüffeln, mit voller Blase ein Pferd reiten und Feuerwerkskörper im Hintern detonieren lassen. Welche Schlüsse Sie wiederum daraus ziehen, bleibt Ihnen ebenfalls selbst überlassen.

KAPITEL II: SPRÜCHE UND WIDERSPRÜCHE

Kein Poet ist so angesehen wie der sogenannte Volksmund. Über die Jahrhunderte hinweg sabbelte er sich einen Wolf, nur damit es den Menschen gut geht. Als sich einst der Rabbi Samuel Morgenstund beim Zahnarzt eine Goldfüllung einsetzen ließ, wußte dies am nächsten Tag die ganze Stadt. Der Ausruf «Morgenstund hat Gold im Mund» hält sich immer noch wacker in unserem Sprachgebrauch und diente auch schon dem Soldaten, der bei Sonnenaufgang auf den feindlichen Angriff wartete, als Trost und Ermutigung.

Sprichworte überzeugen uns vom Gegenteil unserer Erfahrungen und ermahnen uns, bloß nicht so zu handeln, wie wir es für richtig erachten. Mit anderen Worten: Sprichworte sind wichtige Slogans, um Ladenhüter zu bewerben.

Erinnern Sie sich noch an den Slogan «Fünf ist Trümpf»? Eine sprechende, abgeschlagene Hand namens Rolf gröhlte ihn von jeder Plakatfläche. Die Deutsche Post versuchte damit zu sagen, dass es uns Spaß macht, für jedes Haus eine eigene Postleitzahl heraus zu suchen und wie geil es ist, mit einem Aktenordner voller Adressen in den Urlaub zu fahren.

Im Gegensatz zu den Postleitzahlen sind andere Missstände noch immer bewußte Ärgernisse und bedürfen der Promotion durch den Volksmund. Der hält unzählige Aussagen über die Schönheit und den Wert des frühen Aufstehens parat und propagiert trotz Schubladen-Rotlicht- und Spendenaffären immer noch den Sieg der Wahrheit. Am penetrantesten arbeitet der Volksmund allerdings daran, uns die Wichtigkeit von Arbeit nahezubringen. Die bekanntesten Lügen habe ich einmal zusammengestellt.

Aussagen dieser Qualität ringt uns der Alltag immer wieder ab und so banal sie auch erscheinen, so aussagekräftig erweisen sie sich auf den zweiten Blick.

Folgen Sie mir bitte auf eine Cocktailparty. Beim Versuch, die Olive aus Ihrem Martini zu entfernen, werden Sie Zeuge eines Gespräches zweier Partygäste. Diese empören sich gerade über den stadtbekannten alten Obdachlosen, der jeden Tag zahnlos fluchend durch den Stadtpark schlurft und dabei seine schwarzen Fingernägel immer wieder in die nässenden Gesichtsexzeme drückt.

Ihnen missfällt das überhebliche Lästern der Smoking-Jünglinge, Ihr soziales Gewissen regt sich und Sie wollen den alten Mann verteidigen. Zunächst möchten Sie entgegnen, er sei doch nett. Aber dann fällt Ihnen jener Dienstag ein, an dem der Mann Ihnen im Vorbeigehen wenig vorteilhafte Bemerkungen über Ihren Intimbereich zuwarf. Als nächstes kommt Ihnen beinahe die Bemerkung über die Zunge, dass er doch schließlich niemanden störe. Und dann denken Sie an den Moment, als Sie dicht an ihm vorübergingen und sein unglaublicher Gestank Ihnen für Stunden den Geruchssinn nahm. Beinahe hätten Sie aufgegeben, doch im letzten Moment fällt Ihnen zur Verteidigung des Mannes doch noch etwas ein: «Der tut doch niemandem was.» Eine positive Aussage auf dem kleinsten denkbaren Nenner.

Also, denken Sie daran, wenn Sie auf dem Weg zu Ihrer Arbeit sind: Arbeit schindet nicht – Sie dürfen nur nicht zu dicht an ihr vorbeigehen.

Grund 22: Wer feste feiert, kann auch feste arbeiten

Dieser Satz ist wohl des öfteren morgens um sieben, meist von Müttern, in die unaufgeräumten Zimmer verkaterter Teenager gequäkt worden. Dem armen Adressaten, der wie ein mit Blattschuß erlegter Zwölfender auf dem Bett niedergestreckt liegt, soll diese unbewiesene Behauptung keinesfalls als Motivation dienen. Das Sprichwort ist dem Teenie als Drohung zugedacht, falls er gegen ein Naturgesetz verstößt und seinen tonnenschweren Schädel nicht zu seiner Lehrstelle oder seinem Klassenzimmer karrt. Über den Ursprung dieses Spruches lassen sich zwei Vermutungen aufstellen:

A. Der anonyme Urheber fristete ein kontaktarmes, moralinsaures Dasein als Antialkoholiker und Frühgymnastiker. Da er nie zu Parties eingeladen wurde, bestand sein einziger Triumph gegenüber seiner lebenslustigen Umwelt darin, dass er immer ausgeruht und Salatknäcke kauend am Arbeitsplatz erschien und seine nie beanspruchte Kondition zur Demütigung seiner verkaterten Kollegen benutzte.

B. Der Urheber war im gastronomischen Bereich tätig. Er prägte diesen Spruch, während er morgens um fünf die feuchten Reste und Gäste einer Hochzeit zusammenfegte, um den Saal für den anschließenden, morgendlichen Sektempfang eines greisen Jubilars vorzubereiten. Und noch heute bedeutet die Feierlust des Einen für den Anderen nichts als Schufterei.

Grund 23: Erst die Arbeit, dann das Vergnügen

Dieses Sprichwort ist oft missverstanden worden. Benutzt wird es zumeist von Eltern, die ihrem Sprössling eindeutig klar machen wollen, dass Gott vor den Spielplatz die

Hausaufgaben gesetzt hat. Hat er diese Wahrheit verinnerlicht, dient sie dem ehemaligen Sprössling in einem späteren Lebensabschnitt zur Selbstdisziplinierung, wenn er sich anschickt, die Reihenfolge Zimmertapezieren und Feierabendbier mal wieder zu vertauschen.

Unsere Gesellschaft sündigt seitdem mit einem schlechten Gewissen und muss jeder lustvollen Tätigkeit zwanghaft eine unangenehme Pflicht voranstellen. Dem vergnüglichen Theaterbesuch zum Beispiel geht zunächst der Kartenkauf in engen Schlangen voller unentschlossener Schnarchnasen voraus. Selbst vor den Strandurlaub im Pauschalparadies hat der Mensch den Langstreckenflug, enge Sitze und Astronautenlunch gesetzt, um die Erholung endgültig zu legitimieren. In einem geradezu masochistischem Bedürfnis fahren wir mit dem Auto zu dicht geparkten Stadtfesten und lassen uns vor dem Freibad-Spaß in glitschigen Nasszellen von eisigem Kalkwasser traktieren. Frauen bestrafen sich für das ungehemmte Ausleben ihrer Libido, indem sie mit eiserner Disziplin Hormonbomben einschmeißen, bis sie sich wie genmanipulierter Mais fühlen.

Wenn wir nur irgend könnten, dann würden wir reuevoll den Kater vor das Besäufnis legen und die geleerten Flaschen entsorgen, bevor sie überhaupt getrunken wurden. Probieren sie doch mal aus, was passiert, wenn Sie die Arbeit vorne weglassen und sich direkt ins Vergnügen stürzen. Spätestens, wenn Sie am nächsten Morgen versuchen, nasses Konfetti von Ihrem Teppich zu entfernen, werden Sie merken, dass man ebenso gut nach dem Vergnügen schuften kann.

Grund 24: Wer gut abreitet, darf auch gut essen

Eines möchte ich klarstellen: Dieser Slogan wurde nicht auf dem CSU-Parteitag beschlossen, als Programm zur Senkung der Arbeitslosenzahl durch Hungertod. Vielmehr dient er als sichtbare Bescheinigung von Fleiß, benötigt von Menschen, deren Leistung trotz genauem Hinsehen sonst nicht sichtbar wird. Mit der simplen Formel Überstunden = Übergewicht stülpen auch Prominente gern ihren prall gefüllten Terminkalender nach außen. Gerade für ehrgeizige Politiker gilt: Diäten sind willkommen, aber bitte nur auf den Kontoauszügen. Ex-Kanzler Helmut Kohl zum Beispiel ließ nie einen Zweifel daran aufkommen, dass ihm sein unermüdlicher Einsatz als Ausschussaussitzer auf den wachsenden Saumagen schlug und auch der vielbeschäftigte Schauspieler Günther Strack wurde immer hochkarätiger, bis sich das letzte passende Textil, der Theatervorhang, für ihn auf immer schloß. Außenminister Joschka Fischer hingegen versucht seit Jahren, seinen Terminmarathon zu kaschieren, indem er sich auf internationalen Verhandlungsstrecken als vollberuflicher Freizeitjogger präsentiert. Machen Sie sich diese Methode doch einfach selbst zunutze. Wenn man Sie nur noch mit Unterdruckpumpen in einen Linienbus bringen kann, wird niemand bezweifeln, dass Sie sich auf dem Weg zur nächsten Klimakonferenz befinden.

Grund 25: Wer arbeiten will, findet auch Arbeit

Wer SPD wählt, tritt für soziale Gerechtigkeit ein. Wer zur Studienberatung geht, wird beraten. Wer betet, dem wird geholfen. Wer ehrlich ist, kommt weiter. Oder anders ausgedrückt: Senf macht dumm.

Grund 26: Wer anderen eine Grube gräbt, fällt selbst hinein

Dieses Sprichwort führte zu enormen Beitragserhöhungen bei Berufsunfallversicherungen und dient gleichzeitig zur Beruhigung der Öffentlichkeit. Statistiken haben allerdings erwiesen, dass es meist sehbehinderte Passanten und Fahrradfahrer ohne vorschriftsmäßige Lichtanlagen sind, die unsere Baugruben bevölkern. Die Ausheber schützen sich vor ihrem eigenen Werk meist schon im Vorfeld, indem sie ihre Fallen heimlich mit rot-weißen Bändern markieren.

Grund 27: Schuster, bleib bei deinen Leisten

Ein frommer Wunsch. Aber leider hält sich keiner dran. Statt dessen singen «Big Brother»-Stars, anstatt bei dem zu bleiben, was sie am Besten können: Nämlich in einem Container zu leben. Jenny Elvers schauspielert und besingt CD-Rohlinge, weil man ihr den Beruf als Freundin von Heiner Lauterbach genommen hat. Gehard Schröder trägt plötzlich Verantwortung und nicht, wie früher, gute Anzüge. Und all diese Schuster haben nicht einmal eine Umschulung.

Grund 28: Ohne Fleiss kein Preis

Der Staat kennt diese Wechselwirkung und nutzt sie zu seinen Gunsten. Möchte er erreichen, dass wir fleißiger werden, dann erhöht er einfach die Preise. Durchbrechen Sie die Spirale! Seien sie einfach nicht mehr so fleißig. Vertrauen Sie lieber auf die Regel: «Wenig Fleiß, geringer Preis», dann sinken die Lebenshaltungskosten bestimmt schon bald auf den Wert eines Frank Zander-Albums.

Solche Regeln schmelzen im Volksmund und nicht in der Hand. Auf das Leben mit der Arbeit werden wir so gut vorbereitet wie Moses auf das rote Meer. Kaum sind wir da, müssen wir es teilen. Während Moses sein Ziel aber trockenen Fußes erreichen konnte, haben wir das Brustschwellen und Chef-Kraulen zu lernen, um nicht unterzugehen.

Genau wie wir unsere Mütter nicht nur am Muttertag verehren dürfen, beschränkt sich der Tag der Arbeit leider nicht nur auf den 1. Mai. Machen wir uns einen schlechten Reim darauf: Bühne frei, denn nun erzählt ...

KAPITEL III: DIE ARBEITSWELT

Ich habe als junger Mensch aus Leichtsinn und Übermut mehrere Arbeitsstellen besucht und war damit nicht allein. Viele meiner Freunde arbeiteten beinahe täglich oder heimlich, nachts, in Tankstellen und Spelunken. Wir wussten es nicht besser, wir hatten ja keine Bücher wie dieses, nach dem Golfkrieg. Frappierend war für mich allerdings schon damals die erschreckende Ähnlichkeit von Arbeitsplätzen und ihrer Bevölkerung. Die real existierende Arbeitswelt, der Jurrassic Park der Malocher, ist nämlich nicht gerade von einer überwältigenden Artenvielfalt geprägt.

Als Schüler passierte es mir einmal, dass ich in den falschen Bus stieg und, ohne es zu merken, monatelang in einem Eiscafé arbeitete, anstatt wie sonst in einem Supermarkt Wagen zusammenzuschieben. Auch meine Kollegen bemerkten meinen Irrtum zunächst nicht. Wie alle anderen sagte ich «Mahlzeit» und stellte mich ungeschickt an. Vielleicht wäre es nie herausgekommen, hätte Thomas, der Mann der Café-Chefin Maike, sich nicht zufällig mit Thomas, dem Mann der Supermarktfilialleiterin Maike, unterhalten. Jedenfalls klärte sich dann alles auf, ich gelobte Besserung und versprach, mich zu bemühen, diesen Fehler in Zukunft zu vermeiden. Ob mir das immer gelungen ist, weiß ich bis heute nicht mit Sicherheit. In der Arbeitswelt treffen wir jedenfalls auf eine überschaubare Anzahl von Typen, seien es nun Kollegen oder Vorgesetzte. Falls ich im Folgenden einen übersehen haben sollte, schreiben Sie ihn ruhig dazu.

Grund 29: Der Linienboss

Ein Vorgesetzter ist ein Vorgesetzter, weil er den Arbeitnehmern vorgesetzt wird. Das hat er gemeinsam mit dem

Kantinenessen. Arbeitnehmer akzeptieren auch kaum genießbare Vorgesetzte aus denselben Gründen wie Kantinenessen: Weil sie sonst hungern müssten. Immer wieder wundern sich Arbeitnehmer, warum die Fachkompetenz ihres Chefs oft die der ungelernten Aushilfe bei weitem unterschreitet. Sie vergessen dabei, dass die Ausbildung zum Chef sich von der Ausbildung zur Arbeitskraft erheblich unterscheidet.

Ein Linienboss hat meist an einer Universität studiert, vorgesetzt zu sein. Er kann Bilanzen malen, er weiß, wie man Arbeitsplätze abschafft und Gewinne von der Steuer absetzt. Ist er Ende Zwanzig, dann wirft man ihn auf den Chefmarkt und er muss zum ersten Mal in seinem Leben eine Bewerbung diktieren. Bei der Entscheidung für einen Führungsposten hilft ihm oft die Erinnerung an sein Nebenfach, aber diese Festlegung ist nicht zwingend. Für ihn gilt es nur eine Regel zu beherrschen: Ein guter Chef muss Arbeit delegieren können. Übersetzt bedeutet dies: Wenn man keine Ahnung hat, muss man nur Leute kennen, die Ahnung haben. Und diese Leute nennt man Arbeitnehmer. Frage: Was macht der Vorstandsvorsitzende von BMW bei einer Reifenpanne? Antwort: Er hat einen Chauffeur. Ein Chef hat nun mehrere Möglichkeiten, sich vor der Berufserfahrung und der fachlichen Kompetenz des Arbeitnehmers zu schützen.

Möglichkeit A: Er schickt den Arbeitnehmer so lange zu Fortbildungen, bis der auf seiner Position unverzichtbar wird und daher auch nicht befördert werden kann.

Möglichkeit B: Erweist sich ein Arbeitnehmer als besonders kompetent, kann der Chef ihm Gehaltserhöhungen zubilligen. Dies ist nicht nur ein Schweigegeld, es ist auch die Karotte, die dem Arbeitsesel als Antrieb vor die Nase gehalten wird. Der Arbeitnehmer meint sich auf diese Weise, Gehaltserhöhung um Gehaltserhöhung, in die

Führungsetage vorzuarbeiten, doch bevor er soweit kommt, schlägt das Schicksal mit der Pensionierung zu. Sicher bestätigen auch hier Ausnahmen die Regel, aber bedenken Sie: Nur wenige kleine Ministerpräsidenten werden Bundeskanzler.

Grund 30: Der Schuftechef

Es gibt eine zweite Chefrasse, die in Form und Farbe genau das Gegenteil der anderen darstellt. Der Schuftechef hat durchaus eine fachliche Ausbildung, er verdankt seine Position einzig und allein seiner Kompetenz und seinem Fleiß und könnte drittens alle Aufgaben viel besser erledigen als jeder andere, wenn die Zeit es denn zuließe. Man findet diesen Chef oft in mittelständischen Betrieben und nie in der Verwaltung. Einer Anekdote zufolge verzögerten sich die Dreharbeiten zu «King Kong» ganz erheblich, weil man auf einen Techniker wartete, der eine Steckdose anbringen konnte. Dagegen muss man einem Schuftechef zutrauen, dass er selbst die Kaffeemaschine im Pausenraum eigenhändig repariert. Gelingt ihm dies, so wird er den Lehrlingen einen langen Vortrag darüber halten, dass er in seiner Lehrzeit Kaffee nur für die Gesellen und dann auch noch in der hohlen Hand habe aufbrühen müssen. Misslingt ihm die Reparatur, so wird er Kaffeepausen aus disziplinarischen Gründen untersagen. Dieser Chef hat zu seiner Lehrzeit monatlich 30 DM erhalten, weiß aber, dass sich die Zeiten geändert haben und zahlt nun klaglos das Doppelte. Er hat im Fernsehen gesehen, dass kein Computer der Welt den Speicher des menschlichen Gehirns ersetzen kann und untersagt seitdem seinen Lehrlingen die Benutzung von Taschenrechnern, vor allen Dingen, wenn sie ihre Lohnabrechnung überprüfen wollen. Der Einzige, mit dem er sich vergleichen lässt, ist Gott – denn auch Gott hat keine Aufträge bekommen. Diesen Umstand bemerken die Lehrlinge erst dann, wenn der Betrieb drei Monate vor Ende der Lehrzeit schließt.

Grund 31: Dr. Immerda

Seine fachlichen Kompetenzen sind zu vernachlässigen, zu einer Allgemein- oder Weiterbildung fehlte ihm nämlich bislang die Zeit. Er musste schließlich immer da sein. Der Vorteil, den er gegenüber seinen Konkurrenten gnadenlos ausgespielt hat, ist das komplette Fehlen von Freunden oder Privatleben. Heiligabend rechnet er das Weihnachtsgeld ab und in der Sylvesternacht hängt er in jedem Büro neue Kalender auf. Die einzigen Ideen, die er hat, kommen ihm nachts um drei und die teilt er den Mitarbeitern dann telefonisch sofort mit, zwecks unverzüglicher Umsetzung. Er ist der Überzeugung, ohne ihn würde nichts laufen, aber alle würden das in Zukunft nur zu gern ausprobieren. Nur ein einziges Ereignis bewirkt, dass er nur noch vier Tage in der Woche im Büro ist: Die Pensionierung.

Eine etwas größere Bandbreite an Typen findet man dann doch im Zoo der Arbeitskollegen. Das hat die Natur auch klug eingerichtet, denn als Arbeitnehmer verbringt man viel Zeit mit dieser Spezies. Ihr Kollege ist ein Mensch, aber nicht alle Menschen sind Ihre Kollegen. Kein Kollege von irgend jemandem zu sein, ist allein das Privileg der Nichtarbeiter. Menschen, die zuviel arbeiten, machen Kollegen oft zu Freunden, manchmal auch zu Verwandten wie Ehegatte, Schwiegermutter oder Schwager. Das hat den Vorteil, dass der Arbeitende nach Feierabend nicht nach neuen Themen suchen muss. Will man sich so einen Kollegen angeln, dann hat man die Auswahl zwischen folgenden Typen:

Grund 32: Der Klagemaurer

Er ist jederzeit in der Lage, sich gegenüber jedem und allem als benachteiligt zu beweisen und er nutzt dieses Talent ohne Unterlass. Bei der Berechnung seiner Arbeitsbelastung setzt er selbst die Mathematik außer Kraft. Ist ein Kollege krank, so fällt ihm immer die doppelte Arbeit zu, auch wenn er sie mit Ihnen und drei weiteren Kollegen teilt. Selbst am ersten Tag nach einem Karibikurlaub wirkt der gekreuzigte Jesus im Vergleich mit ihm wie Jane Fonda. Und seit Sie ihn kennen, kündigt er morgen. Der Klagemaurer hat immer den gleichen Weg zur Arbeit wie sie, so dass Sie viel gemeinsame Zeit in Bussen und Zügen verbringen und irgendwann auch eine Fahrgemeinschaft bilden. Selbstverständlich fahren Sie, denn der Klagemaurer, in der gleichen Gehaltsklasse wie Sie, kann sich natürlich kein Auto leisten.

Grund 33: Der Lachsack

Er hat Ihnen mit seinen Witzen und Sprüchen den ersten Arbeitstag verschönt. Später betrachteten Sie ihn wie eine nostalgische Jukebox, deren immer gleichen Inhalt einem vertraut und lieb geworden ist. Mittlerweile erinnert Sie sein Witzrepertroire, das den Umfang einer McDonalds Junior-Tüte besitzt, eher an eine chinesische Wasserfolter. Sie wissen genau, in welchen Situationen er welchen lustigen Spruch absondert und er enttäuscht sie nie. Er sagt konsequent «zum Bleistift» statt «zum Beispiel», zitiert in jeder Mittagspause Heinz Ehrhardt und erzählt immer freitags den neuesten Blondinenwitz, den Sie bereits seit Dienstag kennen. Er ist vermutlich der größte lebende Fips Asmussen-Fan und Sie freuen sich auf den Tag, an dem er sich die zweite Kassette kauft.

Grund 34: Das Gespenst

Es hat einen Nachnamen und einen Schreibtisch und soll sich eigentlich die Arbeit mit Ihnen teilen. Manche Kollegen erinnern sich auch noch, wie es aussah, bevor es nach dem Urlaub und dem langen Klinikaufenthalt zum zweiten Mal in den Mutterschaftsurlaub ging. Einmal haben Sie sich erschrocken, als es an seinem Schreibtisch saß, um ein paar private Dinge zu holen, aber der Spuk war nach der Mittagspause auch schon wieder vorbei.

Grund 35: Der Freibeuter

In seinem Verhalten kombiniert er den => Klagemaurer und Houdini. Er stöhnt ständig unter zuviel Arbeit, lästert über das => Gespenst und ist dabei in der Lage, bei drohenden Aufgaben spurlos zu verschwinden. Haben Sie und Ihre Kollegen seine Arbeit erledigt, so ertönen aus der Teeküche seine Befürchtungen, mal wieder für die Fehler Anderer gerade stehen zu müssen.

Grund 36: Der Lone Ranger

Er kommt in die Kantine, wenn die Anderen schon gegangen sind und sitzt noch am Arbeitsplatz, wenn alle bereits ihren Abend feiern, denn Überstunden sammelt er wie die Trümmerfrau Lebensmittelmarken. Selbst grenzdebile Vorgesetzte verleiten ihn nicht zu einem einzigen Wort der Kritik und sogar Lohnkürzungen bringen keinerlei Schwingung in sein stoisches Gesicht. Das einzig Persönliche an ihm ist das Foto einer Harley Davidson an seinem Monitor. Viele Kollegen denken, er sei

Grund 37: Der Streber,

aber das ist nicht wahr. Die Harley auf dem Foto ist nämlich seine eigene. Einmal im Jahr fährt er auf seinem Ofen durch den Amazonas und besteigt mir ihm den Mount Everest. In diese paar Wochen Glück investiert er jede Überminute und erträgt dafür sogar die neuen Auflagen des Ordnungsamtes, so als ergäben die einen Sinn.

Grund 38: Der Langweiler

« ... «

Nimmt man all diese Kollegen und pfercht sie außerhalb der Arbeitszeit zusammen in einen Raum voller Drogen, so nennt sich das:

Grund 39: Die Weihnachtsfeier

Aus Termingründen finden diese innerbetrieblichen Vorfreuden meist dann statt, wenn die ersten Freibäder schließen. In vielen Firmen freut man sich darauf wie auf das Verlängern des Personalausweises. Der Kaiser gibt das Gebot aus, sich zählen zu lassen und jeder zieht eine Nummer. Nach dem Alibi-Alster verzieht man sich, im Bewusstsein, dass bis zum ersten Nachtfrost noch die Grünkohlorgie des Kegelklubs, das Hartkekseessen im Kindergarten und abschließend die Familie abzufeiern ist.

Dabei ist das Ziel einer Weihnachtsfeier dem folgenden Arbeitsjahr Gesprächsstoff zu liefern, den man dem täglichen Schlachtruf «Mahlzeit» anfügen kann. So etwas wie: «Mahlzeit, Frau Hagemann! Die Putzfrau hat heute morgen unter den Schreibtischen gesaugt. Aber die brauchte dazu einen Staubsauger. Har! Har! Har!»

Eine Weihnachtsfeier ist der Ein-Tages-Karneval des Arbeiters. Alles ist erlaubt und am Tag danach vergessen. Das gilt für versprochene Gehaltserhöhungen wie auch für fotokopierte Sekretärinnenärsche.

Da niemand für so eine Feier sein Wochenende opfert, finden diese Veranstaltungen meist in der Arbeitswoche statt. Das bedeutet, die Feierenden müssen morgens wieder früh hoch. Das Tempo einer Weihnachtsfeier entspricht daher der Geschwindigkeit einer (ehemals) handelsüblichen Concorde, kurz bevor sie auf den Boden schlägt. Jeder, der nicht spätestens um 21 Uhr volltrunken ist, hat ein Problem, den Anekdoten zu folgen. Sollte ein Mitarbeiter erst um 21 Uhr auf die Feier stoßen, ist er ungefähr so gut aufgehoben wie James Stewart in einem Karatefilm.

Grund 40: Unschöne Bescherungen

Um sicherzustellen, dass die Mitarbeiter auch zur Weihnachtsfeier kommen, werden Sie vorher dafür bezahlt. So etwas nennt sich dann Weihnachtsgeld. Kurz nachdem der Weihnachtsmann Ihnen diese Schokoladentaler unter den Baum gelegt hat, rutscht allerdings ein Finanzbeamter durch den Schornstein, reißt die Goldfolie ab und behält die Schokolade solange in der Hand, bis er damit unflätige Sprüche an Ihre Hauswand schmieren kann. Aus diesem Grund kommen viele Chefs auch auf die Idee, das Weihnachtsgeld in Form von Badehandtüchern oder Musikweckern auszuzahlen. Die machen nicht soviel Dreck.

Grund 41: Mobbingputtel

Während das Bohnern des Arbeitsplatzes dank des Trends

zu Teppichböden zunehmend aus der Mode kommt, ist das Mobben am Arbeitsplatz nicht länger nur ein Thema für die Putzkolonnen. Vielmehr handelt es sich dabei um ein immer häufiger auftretendes Phänomen in allen Berufen. Der erste nachgewiesene Mobbingfall ist zweitausend Jahre alt. Ein Zimmermann, der sich, ohne dieses Buch zu kennen, gegen sein gelerntes Handwerk entschied, konnte als ehrenamtlicher Festredner schnell überregionale Erfolge verzeichnen. Um zu expandieren, stellte er ein Dutzend Angestellte ein und gründete ein familiäres, kleines Unternehmen. Als liberaler Chef war er sich nicht einmal zu schade, seinen Mitarbeitern persönlich Fußpflege angedeihen zu lassen. Gratulierten sie ihm zum Geburtstag, wünschte er ihnen frohe Weihnachten. Doch die Idylle trog. Seine Mitarbeiter ließen ihn schließlich hängen, so dass ihm als einziger Gesprächpartner nur noch Gott blieb. Ob dieses Mobbingopfer bereits die bekannten Symptome wie Magen-Darmstörungen aufwies, verschweigen uns die Evangelien.

Ein weiteres historisches Mobbingopfer ist sicherlich Julius Caesar. Der hatte an seinem Arbeitsplatz einen zunehmend schweren Stand und wurde schließlich mit 22 Messerstichen aus der Firma gemobbt. Wie die meisten Mobbing-Opfer versäumte er es, rechtzeitig den Arbeitsplatz zu wechseln. Angeblich habe es in ganz Rom nur eine einzige Regenten-Stelle gegeben und ganz Gallien sei ebenfalls schon besetzt gewesen. Wirklich ganz Gallien, Julius?

Ein löbliches Beispiel für den richtigen Umgang mit Mobbing liefert uns eine Frau. Die Literatur nennt sie Aschenputtel, in Disneyworld arbeitet sie unter dem Pseudonym Cinderella. Die attraktive, junge Frau wurde von der mütterlichen Chefin und ihren Kolleginnen, den Stiefschwestern, aus sämtlichen Teamaktivitäten ausgegrenzt und musste zudem deren Arbeit mit erledigen. Irgendwann hatte sie die Nase voll, kündigte, pfiff auf ihren Rentenanspruch und heiratete reich. Ätschibätschi.

Eine der Methoden von Mobbing ist das systematische Ausgrenzen einzelner Mitarbeiter aus der Kommunikation im Kollegenkreis. So kam es zum Beispiel, dass man Erich Honecker nicht darüber informierte, dass keiner mehr an den Scheiß glaubt. Im Trainingsanzug redete er später via Videobotschaft auch noch von Bananen-Engpässen, während seine Mitarbeiter längst Grapefruits im KDW löffelten.

Eine weitere Technik ist das Sabotieren der Arbeit des Mobbingopfers. Eine große, multinationale Gruppe sabotierte beispielsweise die Weltherrschaftspläne Deutschlands und enthielt dessen Führer die Information vor, dass sie erstens zahlenmäßig überlegen sind und zweitens, dass er ein untersetzter Vollidiot ist.

Nach neuen Schätzungen sind 1,5 Millionen Arbeitnehmer vom Mobbing betroffen. Für das Mobben bezahlt wird von RTL2 immer nur der Letzte im Container.

Grund 42: Arbeit wird immer zensiert

Egal, woran Sie arbeiten, Sie werden niemals wirklich stolz auf das Ergebnis sein können, weil es immer jemanden neben Ihnen, über Ihnen oder sogar unter Ihnen gibt, der

Aus rechtlichen Gründen und aufgrund innerbetrieblicher Entscheidungen sind an dieser Stelle wesentliche Teile des Textes entfernt worden. Wir planen aber, die betreffenden Äußerungen des Autors in der nächsten Auflage, mit einem kommentierenden Anhang versehen, wieder aufzunehmen. Vielen Dank für ihr Verständnis. Der Verleger.

GRUND 43: MONTAG

Das ist der Tag nach Sonntag, daran haben auch Wiedervereinigung und die Erfindung des Euro nichts geändert. Am Montag flattern laut Statistik die meisten Krankmeldungen in die Betriebe, da der Arbeiter nämlich versucht, sich am Montag blau zu machen, um nicht an Dienstag zu denken.

Mein Vorschlag wäre, den Montag einfach abzuschaffen. Die dadurch frei werdenden 52 Montage könnte man dem Deutschen Fußballbund spenden, als dringend benötigte Trainingszeit. Das dem Volk entgangene Bruttosozialprodukt würde durch die sportlichen Erfolge in Form von Werbemillionen wieder in die Kassen zurückfließen. Ähnliche Strategien verfolgt auch die Expo-Gesellschaft, deshalb wäre darüber nachzudenken, ob man Birgit Breuel nicht zur Montagsministerin machen sollte. Dann ist es auch nicht mehr so schlimm, wenn die Rechnung nicht aufgeht. Das ist man bei ihr ja schon gewohnt.

Eine andere Möglichkeit wäre, mit dem Montag an die Börse zu gehen. Jedem Arbeiter gäbe man die Möglichkeit, seine Montagsaktien zu erwerben. Für den angemessenen Börsenstart würde eine Reihe von Werbespots sorgen, in denen Manfred Krug uns alles erklärt. Das Schöne ist, die Entwicklung der M-Aktie könnte vom Arbeitnehmer selbst beeinflußt werden. Je lieber der nämlich seinen Montag hätte, desto höher stiege der Aktienwert. Es bliebe dann darüber nachzudenken, ob sich nicht sogar ein zweiter Montag einführen ließe.

Aber die sicherste Methode, das Problem mit dem ersten Arbeitstag zu lösen, ist, das Problem mit den Arbeitstagen grundsätzlich zu lösen. Vertrauen Sie mir, nach ein paar Jahren der Arbeitslosigkeit werden Sie die verschiedenen Wochentage gar nicht mehr unterscheiden können.

Grund 44: Lucky Streiks

Diese kurzzeitige Form der Nicht-Arbeit ist eines der originellsten Missverständnisse unserer Kultur. Menschen, denen versprochen wurde, dass sie ihre Arbeit bald loswerden, legen ihre Arbeit nieder, gehen auf die Straße und drohen damit, dass sie ihre Arbeit nicht wieder aufnehmen, falls man Ihnen den Arbeitsplatz wegnimmt. Damit man darüber nicht nachdenken kann, brüllen und pfeifen diese Menschen und verwirren uns mit beschrifteten Bettlaken und Holzschildern.

Irgendwann glauben alle, es gäbe ein Problem. Um herauszufinden, worum es eigentlich geht, treffen sich Männer mit Krawatten mit Männern mit Helmen und schließlich finden sie eine Lösung. Diese Lösung heißt immer 2,3 Prozent und wird von allen als akzeptabler Kompromiss bezeichnet. Dann gehen alle wieder zur Arbeit, damit man endlich die Kündigungsschreiben für die Arbeiter aufsetzen kann.

Grund 45: Vergessenes Essen

Der menschliche Körper hat beneidenswerte Funktionen zu seinem eigenen Schutz entwickelt. Mit schwerem Fieber reagiert er auf das Eindringen von Fremdkörpern wie Cholerabakterien und GEZ-Fahndern. Unter Schock setzt er uns, wenn wir das Gesehene körperlich und seelisch nicht verarbeiten können. Wir reagieren dann irrational, lachen wie irre oder geben dem dänischen Grand Prix-Beitrag zwölf Punkte. Der wirksamste Schutz gegen fürchterliche Erlebnisse ist allerdings das Vergessen. Der gnädige Schleier der Amnäsie befreit uns vor dem Trauma. So vergaßen Politiker und Experten nach dem Lesen der BSE-

Analysen für Jahre die Ergebnisse und geschockte Rindfleisch-Exporteure warfen wahnsinniges Kuhfleisch versehentlich auf das Ladedeck von Handelschiffen. Aber bleiben wir doch beim Essen. Ich will jetzt nicht entsetzliche Erinnerungen in Ihnen zurückholen, mit denen ich Sie dann allein lassen muss. Aber um Ihnen zu beweisen, wie wirksam der Schutz funktioniert, erlauben Sie mir eine Frage: Was haben Sie letzten Dienstag in der Kantine gegessen? ... Sehen Sie?

Grund 46: Nachtschichten

Viele Menschen denken, sie arbeiten, um zu leben. Wie man allerdings lebt, hängt ganz davon ab, wann man arbeitet. Bereits im Mittelalter gab es Berufsgruppen, die ihre Tätigkeit auf die Stunden nach Sonnenuntergang verlegten. Diebe, Prostituierte und Mörder stehen am Beginn der langen Tradition der Nachtschicht. Heute haben sich Polizisten, Taxifahrer und Tankstellenangestellte dazu gesellt. Der Nachtschichtarbeiter schlägt dem Arbeitsalltag der anderen ein Schnippchen. Er darf schlafen gehen, wenn andere zur Arbeit fahren, er kann sich Fernsehsendungen ansehen, die sonst keiner kennt und er darf zu den billigsten Tarifen mit seinen Freunden telefonieren. Wer seine echten Freunde sind, zeigt sich spätestens dann, wenn er Sie an seinem Feierabend, morgens um fünf, anruft. Für den möglichen Verlust an sozialen Kontakten wird er mit Nachtzulagen entschädigt und häuft so in ein paar Jahren ein beachtliches Vermögen an. Das Geld braucht er auch, denn seine Freundin kostet 3,60 DM in der Minute.

Grund 47: Nur Traumtänzer haben Traumberufe

Ein Traumberuf ist so etwas wie die Nessie der Arbeitswelt. Alle suchen danach und immer wieder hört man, irgendwo sei er aufgetaucht. Wenn man die Menschen vor die Wahl stellen würde, was sie haben wollen, Nessi oder Traumberuf, würden sie angesichts der beengten Wohnverhältnisse in den Städten immer Letzteres wählen. Das Gesicht des Traumberufs ändert sich allerdings so schnell wie das von Cher.

Viele Mädchen wollen Stewardess werden. Diese Mischung aus Kellnerin und Douglasverkäuferin steht so hoch im Kurs, dass nur die besten Schulabschlüsse gerade gut genug sind, um eine Ausbildung zu erhalten. Sie freuen sich darauf, Tag und Nacht mit einem Teewagen durch die Zeitzonen zu klappern und den Fluggast mit quadratischem Mikrowellenessen davon abzulenken, dass sein Körper aus Versorgungsgründen gerade die Beine abstößt. Ob es vielleicht der Verkauf von versilberten Flugzeugen mit Zifferblatt oder gefaßten Granatsplitter ist, der diesen Beruf so begehrenswert macht, blieb mit immer verschlossen. Ganz ehrlich, haben Sie beim Verlassen eines Flugzeugs jemals gedacht: «Och, die hat es vielleicht gut. Die darf im Flieger bleiben.»?

Wer Kindern helfen will, gute Menschen zu werden, träumt von dem Beruf des Lehrers. Um dieses Ziel zu erreichen, absolviert man nicht nur ein langes Studium, sondern auch ein sogenanntes Referendariat, wo die Altvorderen den Junghinteren zeigen, dass sie neuen Unterrichtsideen während der Ferien immer aufgeschlossen sind. Haben die jungen Lehrer lang genug gedient, dann bleibt ihnen nur das Warten auf einen eigenen Stuhl im Lehrerzimmer. Der kann in Helsinki stehen oder in Wanne-Eickel. Der Weg dahin ist allerdings mit Leichen gepflastert. Ich hörte zufällig das Gespräch zweier angehender Lehrerinnen:

LEHRERIN 1: Machst du noch die Vertretung in Flensburg?

LEHRERIN 2: Ja und ich habe 'ne Chance, dass es Krebs ist. Der Direx meinte aber, ich soll mich nicht zu früh freuen. Was macht deine halbe Psychose in Neumünster?

LEHRERIN 1: Sieht schlecht aus. Die kommt wahrscheinlich wieder. Aber meine halbe Schwangerschaft in Kappeln könnte eine ganze werden. Stand ganz schön auf der Kippe. Beinahe hätte sie das Baby verloren.

LEHRERIN 2: Wie schrecklich.

LEHRERIN 1: Allerdings. Wo doch die Vierteldepression in Schlewig auch wieder da ist. Trotz Selbstmordversuch. Die blöde Kuh ist leider im Baum hängen geblieben. Ihr Arzt ist ein Freund von mir, aber der konnte auch nichts machen. Wieso haben immer die anderen Leute Glück?

Wir wünschen den Beiden viel Glück und vielleicht springt ja mal eine ganze Leukämie in Darmstadt raus.

Als kleiner Junge träumt man davon, Cowboy zu werden, aber Marlboro hat die Stelle leider schon auf Lebenszeit vergeben. Und wer hat noch den Mut, Lokomotivführer zu werden, wo es schon zu gefährlich ist, Fahrgast zu sein.

Immer noch lockt aber der Job in der Werbeagentur. In dieser kunterbunten Tätigkeit kommen Sie nicht nur in Kontakt mit den großen Filialleitern der Supermärkte. Sie können Ihrer Kreativität mit Slogans wie «Mischhack nur 89 Pf, kg» freien Lauf lassen und Bohrmaschinen und Schneidkluppensätze für die Wochenendbeilage layouten. Gehören Sie zur Elite, so erschaffen Sie pfiffige Füchse, lesende Würmer und hamsternde Hamster, bis Ihre letzten verbliebenen Freunde über Sie lieber erzählen, Sie seien bei der Post.

Ein Journalist ist jemand, der nachts in den Schreibtischen hochrangiger Politiker Spionagematerial findet und mit einer einzigen Schlagzeile einen Regierungswechsel erzwingt. Hartnäckigen Gerüchten zufolge allerdings sitzt ein Journalist angeblich den ganzen Tag vor dem PC und versucht, die Namen der Angler unter das Foto der Vereinsfeier zu setzen. Finden Sie doch mal selbst heraus, ob an den Gerüchten was dran ist.

Falls Sie in der Schultheatergruppe den kleinen Muck gespielt haben, sind Sie sehr gut auf den Beruf des Schauspielers vorbereitet. Wenn Mama Ihnen das Kostüm genäht hat, haben Sie sich auch schon gleich an die Unterstützung der Eltern gewöhnt. Der Applaus ist der schönste Lohn und die Mietkaution kann vielleicht Oma stellen. Da Theater nicht an die Börse gehen, gehen die Menschen auch nicht ins Theater. Um in diesem Bereich Geld zu verdienen, darf man eben kein Schauspieler sein. Tom Cruise macht es uns doch vor.

Ebenfalls zeitlos ist der Traumberuf des Rockstars. Angestrebt wird dabei eine erdige Lehrzeit, die als verwaschenes Amateurvideo späteres Futter für die Legendenbildung darstellt. Verzerrte Gigs in verrauchten Clubs vor einer Handvoll Fans der ersten Stunde sind gedacht für die Aussage: «Schaut mal, so habe ich damals angefangen.» Meist bleibt dem späteren Versicherungsangestellten später nur der Trost: «Schaut mal, das habe ich immerhin früher auch gemacht.» Im schlimmsten Fall können sie Ihren VHS-Mitschnitt auf dem DVD-Recorder Ihrer Kinder gar nicht abspielen.

Grund 48: Arbeit endet im Kaufhaus

Vor einiger Zeit saß ich im Bus direkt vor einem Obdachlosen. Durch das Fenster erblickte er ein junges Pärchen, dass den Kofferraum seines Golf GTI bis zum Bersten mit Einkäufen füllte. Der angetrunkene Mann stellte daraufhin unaufgefordert folgende bemerkenswerte und, wie ich finde, immer noch gültige Theorie auf:

«Ja, ja, kooft nur schön, allet wat rin jeht. Damit kurbelt ihr die Wirtschaft an, wa. Dann verdient ihr irjendwann noch mehr Kohle. Aba für die Kohle müsst ihr euch ooch een jrößeret Auto koofen. Weil, dann braucht ihr 'n jrößeren Kofferraum, um noch mehr inzukoofen, sonst klappt det allet nich' mit det janze System.»

Auch ohne intensives BWL-Studium hat der Mann das Grundprinzip unserer Wirtschaft erkannt. Wer fleißig ist, verdient auch mehr Geld und kann sich mehr leisten. Die Frage ist allerdings, worin soll er seine sauer verdienten Zulagen investieren, damit er auch wirklich das Gefühl hat, es geht ihm besser. Die Luxuslatte wird immer höher gehängt.

In der Generation meiner Eltern, als man sich seine Rente vorschießen ließ, um eine Schrankwand anzuschaffen, war ein dreiwöchiger Familienurlaub auf Borkum das klare Zeichen für wohlhabende, aufstrebende Bürgerlichkeit. Im Zeitalter der Last Minute-Angebote allerdings werden selbst Karibikreisen für Wochenend-Freigänger erschwinglich und niemand wird durch den Besitz eines Television-Heimgerätes oder eines digitalen Phonographen gesellschaftlich an Stellung gewinnen. Der Unterschied zwischen Notstand und Wohlstand liegt heute im Detail und kann leider auch nur noch von Experten erkannt werden. Der Lohn des hart Schuftenden versteckt sich in kaum lesbaren Attributen.

Als Beispiel soll die Originalanzeige eines CD-Versandes gelten, der ein DVD-Video mit folgenden Merkmalen anpreist:

EINSAME ENTSCHEIDUNG
Action, 127 Min.
R: Stuart Bird; D: Kurt Russell, Halle Berry, J. Leguizamo, Steven Segal, M: J. Goldsmith
Sound:Spr:D,E,Sp;DSS5.1;Bild:WS;Sub:D,E,Sp,F,I,Tür,NL,S, N,DK,SF,P,Heb,PL,Gr,CZ,H,Isl,Kr,DfH,EfH

In den unteren Zeilen steckt das Geheimnis des Wohlstandes. Ein prolliger Scheißfilm wird damit zum Luxusgut geadelt und vermittelt dem kundigen Kunden das Gefühl, sich ein Stück Elite erkauft zu haben. Der eigentliche Luxus besteht heute darin, die Zeit zu haben, das Ganze auch noch verstehen zu lernen. Und wer hat mehr Zeit dazu als jemand, der nicht arbeitet? Gönnen Sie sich den Luxus.

Grund 49: Aussteigen ist unmöglich

Einmal im Jahr ausspannen, einmal im Jahr den ganzen Arbeitsalltag hinter sich lassen, das ist der Traum des Arbeitenden. Er wird zum Aussteiger, zum Rebellen gegen die Arbeitswoche. Für ein paar Wochen wird alles ganz anders. Die Unbeschwertheit will aber hart erarbeitet werden. Statt auf das Wochenende wartet der Arbeiter tapfer auf die Ferienzeit. Ist diese endlich da, so steht er zwei Stunden früher auf als sonst, denn der Stau, in den er fährt, ist erheblich länger als der, in dem er sonst steht.

Am Ferienort angekommen, heißt es für ihn Postkarten statt Stempelkarten, Tagesplan statt Schichteinteilung und er ißt im Hotelbistro statt in der Kantine. Hat er abends dann seinen Tagesplan erfüllt, spannt er aus vor dem Hotelfernseher. Aber nicht zu lange, denn morgen früh steht ein neuer Tagesplan an.

Dieses ganz andere Leben muss der Arbeiter meist nach vierzehn Tagen wieder verlassen, denn im Anschluss an den Rückreisestau ruft der Alltag. Aber der hat ja auch seine schönen Seiten, er ist billiger, man muss nicht so früh aufstehen und man wird auch nicht vom Zimmermädchen beklaut.

Grund 50: Am Ende ist alles für den König

Vor einigen hundert Jahren kamen des Königs Schergen durch die Dörfer geritten und nahmen den hart arbeitenden Bauern den zehnten Teil ihres Ernteertrages. Konnten die Bauern nicht zahlen, mussten sie damit rechnen, erschlagen zu werden. Diese paradiesischen Zeiten sind leider vorbei. Der heutige König nimmt neben dem Zehnten der Ernte auch noch den Zehnten des Ackerpfluges, den Zehnten des Hauses und belegt die Mittagspause mit einer Vergnügungssteuer. Zusätzlich legt er Schlagbäume auf den Weg und bittet den Bauern zur Kasse, wenn er passieren will. Den Zehnten kann man dann bequem im Parkscheinautomaten entrichten.

Verweigert man irgendeinen der unzähligen Zehnten, wird man leider nicht mit Erschlagen begnadigt, sondern mit Nachzahlungen oder, falls man kein Freund des Hofes ist, mit Kerker. Der König braucht diese Steuern nämlich, um dem Volk Gutes zu tun. Schließlich sollen die Untertanen bei den Paraden eine feudale Königskutsche zu Gesicht bekommen und Volksfeste wie das große Expo-Spektakel sind außerordentlich wichtig für die Verbindung zu den anderen Höfen und das kann ja auf lange Sicht nur gut für das Volk sein.

Bei derartig vielen Investitionen bleibt von den Zehnten nicht viel übrig für die Speisung der Armen und die Erziehung der Jugend. Nun schickt der König seine Schergen aus, auf dass seine Untertanen einen Zehnten leisten auf die Bäume, unter denen sie schlafen und die Seen, in denen sie baden. Und wenn wir nicht gestorben sind, dann müssen wir auch zahlen.

Grund 51: Ladendiebstähle

Immer mehr Arbeiter beklagen die Tatsache, dass sie ihr sauer verdientes Geld erst am Samstagvormittag ausgeben können. Da nämlich alle zur gleichen Zeit an ihrem Arbeitsplatz sind, treffen Verkäufer und Arbeiter zu selten aufeinander, finden zumindest die Arbeiter. Die Verkäufer hingegen haben wenig Lust, den ganzen Tag auf die Arbeiter zu warten. Sie meinen, sie wollen schließlich auch mal nach Hause und außerdem werde dann sowieso alles viel zu teurer. Der Staat sagt, ach was, man müsse nur flexibel sein und wenn alles für alle viel zu teuer wird, dann hat sich das ja unter dem Strich wieder aufgehoben. Wollen wir mal gucken, sagt sich daraufhin der Optiker.

Der Laden für ökologischen Kerzenbedarf sagt hingegen, ich kann mir mich nicht mehr leisten und zieht aus. Der Vermieter der Wohnung muss die entgangene Miete auf die anderen Läden umlegen und deshalb lohnt sich das Ganze für den Familienbetrieb Miedermoden-Moser auch nicht mehr. Moser verkauft seinen Laden an ein Schuhgeschäft, denn die haben am meisten Geld. Und weil die am meisten Geld haben, zieht in den Laden für ökologischen Kerzenbedarf ebenfalls ein Schuhgeschäft ein. Ich habe es ja kommen sehen, stöhnt der Optiker und räumt seinen Laden für ein Schuhgeschäft.

Jetzt haben die Läden länger auf, der Arbeiter hat sich durchgesetzt. Er kann nach der Arbeit bequem seine Schuhe kaufen, ohne weit zu laufen. Und weil aber der Einwohner einer Stadt statistisch vierzig Füße braucht, damit sich das Ganze überhaupt lohnt, stellt der öffentliche Nahverkehr viele Buslinien ein, so daß die Leute mehr laufen müssen. Und wenn man etwas anderes haben will als Schuhe, muss man eben im Internet bestellen.

Banken und Vertrauen – Religion und Frieden – Arbeit und Kunst. In der langen Geschichte der Unvereinbarkeiten unserer Zivilisation gab es immer wieder Zwischenfälle, in denen das Thema Arbeit in die Kunst fiel wie ein nasser Kaffeefilter in die Königspastete. Aber wie konnte das geschehen? Ein arbeitsloser, weil schlechter Künstler kam irgendwann auf die Idee, die Arbeit wenigstens mit seinen Mitteln darzustellen, um sie sich über das Bett zu hängen und um seinen Eltern erzählen zu können, er habe jetzt Arbeit. Andere arbeitslose, weil schlechte Künstler taten ihm dies nach und schon bald war die Verwirrung groß. War diese Art von Kunst nun Arbeitskunst, Kunst an der Arbeit oder Arbeit in der Kunst? War die Kunst der Lohn der Arbeit und hat sich die Arbeit überhaupt gelohnt? Ich will es so formulieren: Nein.

KAPITEL IV: DAS ARBEITERDENKMAL

GRUND 52: ARBEIT MACHT BLAU

Das bislang erfolgreichste Arbeiterdenkmal war zwar nicht gerade schön, aber dafür um so verbreiteter. Wohl keiner kam vorbei an den ewig blauen Handwerkern, die ihre Hämmer schwangen, Schubkarren schoben und in ihren schlecht sitzenden Strumpfhosen auch noch das Singen lernten. Die Rede ist nicht von den Village People, sondern von den Schlümpfen. Die kleinen Gummistatuen erwiesen sich als ideale Gabe für jeglichen Anlass. Der Lernstress wurde durch einen Denkerschlumpf versüßt, beim erreichten Schulabschluß enthüllten die Verwandten gern den Doktorschlumpf und für den Berufsstart gab es dann Schlumpfereien in einer Vielfalt, die selbst die Kartei des Arbeitsamtes erblassen ließ. War man allerdings ein Mädchen, dann bekam man immer Schlumpfinchen. Dieses Bild der Frau arbeitete nicht und wies den Töchtern den richtigen Weg in das Leben nach der Akne. Schlumpfinchen schaute dauernd in den Spiegel und zeigte sich auch mal keck im Aerobic-Outfit. Arbeit war eben nur was für Männer. Der kleine Mann auf der Straße hatte nun endlich ein Idol und konnte auf die Frage des Vader Abrahams selbstbewußt zurück singen: «Wir wollen gar nicht größer sein.» Mit der Schmiede oder dem Wirtshaus hatten endlich auch die Arbeitslosen die Möglichkeit, einen Arbeitsplatz zu bekommen und das Schlumpfhaus war sicher vor der Zwangsräumung.

Jenseits des blauen Vorhangs hielt man hingegen an den alten Zwergen fest. Klobige, Hammer schwingende Granitklötze trotzten Regen und Aufmärschen und über allem stand der Papa Schlumpf des Sozialismus, auch bekannt als Karl Marx. Der hatte den Westschlümpfen gegenüber einige

Nachteile. Karl hatte keine eigene Zeichentrickserie, man bekam nirgendwo einen Super-Marx, kein Fliegenpilz schützte ihn vor Regen und er durfte auch nicht singen. Das Kapital als sein einziges Kapital ließ sich nicht einmal als Comic vermarkten.

Die kleinen Schlumpfarbeiter vegetieren auch heute noch in den Grabbelkisten unserer Pokemonläden, während man die östlichen Zeugnisse der Mega-Maloche nur noch als Granulat in unseren Minisalamis wiederfindet. Sie sind mittlerweile Legende wie der Koloß von Rhodos.

Grund 53: Wahnsinnige Handwerker

Zu einem wirklichen Arbeiterdenkmal wurde er erst durch das Gesicht von Gustl Bayrhammer. Meister Eder nannte er sich und er war ein verdientes Mitglied der Handwerkskammer. Er berechnete weder An- noch Abfahrtkosten, er reparierte statt auszutauschen und betrog auch nicht bei den Arbeitsstunden. Und da wurde man dann allmählich stutzig. Die Frage war auch: Warum konnte der gute Mann sich keinen Lehrling leisten und warum hielt er sich mühsam mit dem Leimen von Hockern und Schnitzen von Holzenten über Wasser? Die Antwort war: Meister Eder litt unter schweren psychischen Störungen. Er hörte ständig die Stimme von Hans Clarin, sah überall einen unsichtbaren Kobold und baute dem sogar ein Bett. Würden Sie so einen Mann ihren antiken Schrank anvertrauen?

Grund 54: Arbeit trägt bittere Früchte

Sie hieß wie Obst, sah aus wie die Mutter von Meister Propper und benahm sich auch so: Clementine. In den verkalkten Heizstäben unter ihrer debilen Schiebermütze ging nichts anderes vor als der nächste Hauptwaschgang. Ihre Arbeit war nicht nur sauber, sondern rein und sonst gar nichts. Leider war aber auch eine Heldin wie Clementine nicht gegen Fortschritt und Rationalisierung gefeit. Ihre guten Ratschläge presste man in Tabs und gesprochen wurde irgendwann nur noch in Futur. Die gute alte Clementine machte daraufhin Mandarine und gab sich verbittert dem Lochfraß hin.

Grund 55: Lügen ist Arbeit

Das Wetter ist ihm egal, denn Zulagen bekommt er eh nicht. Jedes Jahr zu Heiligabend rast der Weihnachtsmann durch die Welt und verteilt Geschenke. Tausende von Postsäcken landen bei dem agilen alten Mann, der mit Inge Meysel eine Gemeinsamkeit hat: Er war schon immer alt. So viel Ehre und Bewunderung rief aber schon bald die Kritiker auf den Plan. Die gaben zu bedenken, dass der Weihnachtsmann schließlich nur einen einzigen Tag im Jahr arbeite und dass man all die Briefe lieber an afrikanische Kinder schicken solle, weil die nicht nur kein Papier haben, um ihre Pausenbrote einzuwickeln, sondern auch gar nicht wissen, was Pausenbrote sind und überhaupt, auch gar nicht lesen können. Derlei vernünftigen Argumenten entzog man sich lange Zeit, mit der Behauptung, der Weihnachtsmann arbeite das ganze Jahr hindurch, weil er nämlich all die Spielsachen in Eigenarbeit herstelle.

Diese These hielt sich solange, wie man noch ausschließlich Holzpferdchen und Hampelmänner unter dem Weihnachtsbaum fand. Bei den Mobiltelefonen und Gamekonsolen drohte der Betrug schließlich aufzufliegen. Auf den öffentlichen Druck hin gab man Erklärungen ab, die besagten, der Weihnachtsmann habe eine Assistentin, nämlich seine Frau und mehrere kleinwüchsige Angestellte. Ob die denn auch eine Ausbildung zum Systemprogrammierer oder Ingenieur hätten, wollte die Opposition daraufhin wissen. Der TÜV verlangte schließlich auch noch eine vorherige Vorlage der Geräte zwecks genauer Sicherheitsüberprüfung. Schließlich seien die Standarts am Nordpol nicht mit hiesigen Verhältnissen zu vergleichen. Der unter Druck geratende Weihnachtsmann gab dann schließlich zu, einige der Geräte gar nicht selbst herzustellen, sondern von bekannten Firmen Spenden erhalten zu haben. Die Namen wolle er aber nicht preisgeben, denn das würde gegen das Weihnachtsgeheimnis verstoßen. Empört wandten sich viele Anhänger von ihm ab, man zog ihn und seine historische Bedeutung mehr und mehr in Zweifel, bis schließlich nur noch infantile Gemüter an ihn glaubten.

Wenn man Angst hat, soll man singen. ABBA zum Beispiel hat so lange gesungen, bis sich die Bandmitglieder keine Sorgen mehr um die Zukunft machen mussten. Pubertierende Jungs singen aus Angst vor dem ersten Mal und bekommen nicht selten Platin dafür.

Manche dieser Angsttherapien bleiben uns gern im Gedächtnis, weil es darin um Liebe geht. Fast jedem auch noch so speziellen Thema des Lebens ist auf diese Weise schon ein Denkmal gesetzt worden. Mit einem Lied über ein rotes Gummischlauchboot widmete sich Wencke Myrre dem Strandbedarf und selbst Insekten ehrte man mit «Karl der Käfer».

Erhält so ein Loblied eine eingängige Melodie, so ist schnell ein Ohrwurm geboren, der Wunden in das Trommelfell schlägt, die auch die Zeit nicht heilt. Das ist nicht immer angenehm. Gerade dann nicht, wenn es um Arbeit geht.

In der ehemaligen DDR gab es ein großes Arbeiterliedgut, das in seiner Eleganz dem Prager Frühling in nichts nachsteht. Titel wie: «Jetzt bist du in der LPG» oder «Fritz der Traktorist» sollten die Mauerschützen wie die Kastelruther Spatzen erscheinen lassen. Entziehen konnte man sich dem Hörsturz nur durch einen gezielten Sprung in die Selbstschussanlagen oder vor die Wachtürme der Kastelruther Spatzen.

Im Westen probte das Proletariat nicht den Aufstand, sondern im Tonstudio. Und da es keine Grenzen gab, konnte man auch nicht fliehen. Hatte man die Arbeitsgesänge endlich aus den Hitparaden gefegt, so fristeten sie ihr Dasein weiter in den Jukeboxen der kleinen Kneipen, so dass wir sie mittlerweile selbst unter Folter nicht mehr aus dem Kopf bekommen. Ich bin sicher, Sie können sämtliche der folgenden Beispiele zumindest mitsummen.

Grund 56: Keine Gehaltserhöhung

In den 70er Jahren verriet uns der Erzengel Gabriel, wie er mit Vornamen heißt: Ausgerechnet Gunter! Gunther hatte das «Gleich ist Feierabend»-Gesicht und die entsprechenden Hosen dazu. Er war Kollege von Beruf, sang mit Engelszungen «Hey, Boss, ich brauch mehr Geld» und war deshalb schon ein paar Jahre später völlig pleite. Selbst Schuld, warum hat er sich nicht Boy Gabriel genannt und über Liebe gesungen. Damit verdient man mehr Geld als mit Arbeit.

Grund 57: Abstürzender Aufschwung

Anfang der 80er, in den Anfangstagen der neuen Massenarbeitslosigkeit, ertönte der fromme Wunsch: «Jetzt wird wieder in die Hände gespuckt, wir steigern das Bruttosozialprodukt.» Daraus wurde irgendwie nichts, denn der Name der Band nahm visionär 16 Jahre Kohlregierung vorweg: Geier Sturzflug.

Grund 58: Ausländische Männer bei der Arbeit

Sie kamen von Unten Drunter. Und so hieß auch ihr größter und einziger Hit: «Down Under». Men At Work glorifizierte in lustigen Raeggae-Rhythmen das Kollegentum. «Er lächelte nur und gab mir eine Klappstulle mit einem typisch australischen pflanzlichen Brotaufstrich.» Ein netter Versuch war das, aber er steht angesichts von Thermoskannen und Treibhausgouda im krassen Gegensatz zu unserer deutschen Arbeitsrealität.

Grund 59: Sommerarbeit

Während der 70er Jahre verdichteten sich die Gerüchte, dass Frauen nicht nur als Prostituierte arbeiten. Donna Summer versuchte daraufhin, der berufstätigen Frau mit «She works hard for her money» ein musikalisches Denkmal zu setzen, stieß aber weitgehend auf Unverständnis. Man stellte sich die Frage: Wieso muss die denn so hart arbeiten? Verdient ihr Mann nicht genug? Und auch noch heute unterstützen Arbeitgeber bei der Gestaltung des Lohnstreifens einer Frau tatkräftig ihre Bescheidenheit.

Grund 60: Regenwetter

Bei drei dicken Frauen mit dem Nachnamen Weather stürmen noch heute Tausende von Frauen auf die Tanzfläche.

«It's Raining Men» wird immer noch für heimliche, weibliche Wunschträume missbraucht, ist in Wahrheit aber ein Lied über das gefährliche Handwerk der Dachdecker, die ihren Arbeitsplatz gerade bei Regenwetter oder Eisglätte immer mal wieder verlieren, um dann unmittelbar auf der Straße zu landen. Die Folgen dieser meist tödlichen Kündigungen werden in dem Lied lediglich mit «Halleluja» kommentiert, eine Beschönigung, die unsere Empörung verdient.

Es gibt allerdings ein Lied, welches uns wirklich in unserem Umgang mit Arbeit weiterhilft. «Ton, Steine, Scherben» hat es gesungen und es hieß: «Macht kaputt, was euch kaputt macht.» Rio Reiser, der Sänger der Gruppe, stiftete mit diesem Motto in den Siebziger Jahren zunächst einige Verwirrung. Man wußte nie genau, ob man kaputt genug war, um Dinge kaputt machen zu dürfen und die meisten waren nach der Arbeit eh zu kaputt für so etwas. Rio Reiser hingegen hat tapfer weitergearbeitet – und nun ist er kaputt. Spätestens jetzt müssen wir eingestehen:

KAPITEL V: ARBEIT MACHT KRANK

In einer beliebten Statistik bezahlen Deutschlands Krankenkassen jedes Jahr mehrere Milliarden für Krankheiten, die durch das Rauchen entstehen. Deshalb fordern immer mehr Menschen den Verbot von Tabakkonsum und die öffentliche Moral gibt ihnen Recht. Rauchen dürfen nicht einmal mehr die Schornsteine. Der Industrie werden millionenschwere Zuschüsse gezahlt, wenn Sie auf ihren giftigen Abgasen den Aufkleber «gefiltert» anbringen und ein Industrieller, der die Kinder einer Kleinstadt zu asthmatischen Leukämikern macht, darf drei Jahre nicht auf die Kanzlerparty.

Die Volksgesundheit wird an fast allen Fronten geschützt, beschworen, bedauert und gefördert, lediglich die Hauptursache für Erkrankungen wird achselzuckend akzeptiert wie der feuchte deutsche Sommer: Arbeit.

GRUND 61: MAN ARBEITET NUR FÜR DIE GESUNDHEIT

Die Hospitale, Orthopädien und Nervenkliniken sind bis zum Bersten besetzt mit Menschen, die ihre Gebrechen ihrem Beruf zu verdanken haben. Das Rückrat, das sich im Laufe der Verwaltungstätigkeit endlich auch physisch aufgelöst hat, geht hier genauso auf Rechnung wie das Altöl in der Nasennebenhöhle des Entsorgungsspezialisten. Und weil die einhundertprozentige Versorgung durch die Kassen nicht mehr geleistet wird, muss der kranke Arbeitnehmer nach seiner Genesung Überstunden schieben um Rechnungen zu bezahlen für Krankheiten, die er sich durch die Überstunden zugezogen hat. Wäre es nicht besser, das Kassengeld gleich dem Gesunden zu geben, auf dass er nicht in die Versuchung kommt zu arbeiten?

Das größte Problem für die Volksgesundheit sind die weitgehend unheilbaren Berufskrankheiten. Mit ihnen zu leben, fällt oft der Umwelt schwerer als dem Betroffenen. Ich habe im Folgenden die schlimmsten Berufsleiden zusammengestellt:

Grund 62: Chronismus (auch: Zeitkrampf)

Eine durchaus verbreitete Krankheit in Berufsgruppen, die mit absurd detaillierten Zeitangaben konfrontiert sind. Dazu zählen Busfahrer und Bahnangestellte, aber natürlich auch Leichtathletiktrainer. Die Symptome sind so einfach wie schrecklich. Die zweiminütige Verspätung bei einem gemütlichen Treffen provoziert bei dem Betroffenen einen hysterischen Anfall und den Vorwurf, ob man eigentlich wisse, was passiere, wenn er den Bus ganze 120 Sekunden zu spät in die Morgenschicht führe. Durch Ihr verspätetes Eintreffen zum Glühwein-Umtrunk würden Tausende von Pendlern ihren Anschlussbus verpassen und ihren Arbeitsplatz riskieren.

Therapie: Eine Heilung ist nur durch die Umschulung zum Versicherungsfachangestellten zu erreichen. In der Auszahlungsstelle für Schadensvergütungen können die Patienten lernen, dass es auf ein paar Monate nicht unbedingt ankommt.

Grund 63: Nöhlio (auch: Meckersucht)

Bei diesem Leiden wird die berufsbedingte Fähigkeit zur Unzufriedenheit zur privaten Geißel. Das Bild der Risikoberufe ist hier nicht klar zu umreißen. Vornehmlich findet man die Erkrankten aber in staatlichen Anstellungen. Entscheidender Charakterzug der Tätigkeit muss sein, dass sie verzichtbar ist. Weit verbreitet war das Krankheitsbild daher in den Betrieben der DDR, bzw. in deren westlicher Entsprechung, den Bundeswehrkasernen. Aber auch nach dem Zerfall von DDR und Bundeswehr ließ sich das Virus kaum eindämmen.

Der Erkrankte füllt seinen fehlenden Nutzen durch die selbstgewählte Aufgabe des Kritikers. Mangelndes Spezialwissen lässt ihn in der Auswahl der zu richtenden Fälle eine enorme Wahllosigkeit an den Tag legen. Seine Kritik kann die Art und Weise betreffen, wie man eine Teewurst benutzt, kann gern auch noch nicht eingetroffene Ereignisse abschließend beurteilen und wird in jedem Fall immer das Verhalten der anderen Verkehrsteilnehmer einschließen. Im Endstadium der Nöhlio wird der Patient die Möglichkeit von Kompetenz bei Anderen oder die Wahrscheinlichkeit einer Wendung zum Positiven im Allgemeinen immer rigoros ausschließen.

Therapie: Eine Woche Telefondienst in der Beschwerdeannahme der Telekom.

Grund 64: Know how-Syndrom

Dieser Defekt tritt meist in Berufen auf, zu derem Charakter es gehört, Untergebene zu belehren. Daher beinhaltet die Risikogruppe jede Lehrtätigkeit, einschließlich Fahr- und Schwimmlehrer. Dem Erkrankten fällt es zunehmend schwerer, einerseits zwischen beruflichem Fachgebiet und privatem Alltag und andererseits zwischen Freunden und Untergebenen zu unterscheiden. Kleine Anekdoten werden zu akademischen Vorlesungen und vereinzelt eingestreute Einwürfe des Gegenübers bügelt der Patient als unangemessene Einmischung wortreich nieder. Ob es nun der Bau des

Assuan Staudamms oder das politisch korrekte Befestigen eines Kleiderhakens ist, gegen seine Meinungen klingen die Grundsatzurteile des Bundesverfassungsgerichtes wie schüchterne Spekulationen. In einigen Fällen wird der Befallene über kurz oder lang auch noch von einer schleichenden Nöhlio befallen.

Therapie: Bislang nicht bekannt. In Koblenz wurde 1984 ein erkrankter Oberstudienrat für drei Monate lang zu einem fast vergessenen Amazonas-Indianerstamm geschickt, um sich in der hier völlig unbekannten Kunst der Herstellung von Bauchnabelflöten unterrichten zu lassen. 1997 erklärte ihn seine Ehefrau als vermisst, gab aber an, sie wolle mit der Suche noch ein wenig warten.

Grund 65: Faktitis (auch: Datengicht)

Dieser vielleicht gefährlichste Virus unter den Arbeitserkrankungen hat mittlerweile eine ganze Legion von Arbeitnehmern befallen. Zunächst hauptsächlich verbreitet im Bereich der Informatik, übertrug sich der Erreger seit Beginn der Börsensucht auch auf andere Berufsgruppen und sogar Schüler. Die Symptome sind immer gleich. Nach der eigenen Meinung befragt, antworten die Befallenen ausschließlich mit aktuellen Börsenkursen oder zitieren Softwaretests. Dies gilt auch für Beziehungsgespräche und Kunst. Der Erkrankte entlarvt «Bambi» wortreich als biologisch inkorrekt und beim Sex beneidet er die Kühe heimlich um ihre Melkmaschine. Ähnlich wie bei den Folgen eines Schlaganfalls verengt sich die Wahrnehmung des Faktitikers auf die Informationsmenge 1 und O. Menschen kann sich der Faktitiker schließlich nur merken, wenn sie Dow Jones heißen und private, emotionale Ereignisse werden nur gespeichert, wenn sie im aktuellen Windows-Format erlebt werden.

Therapie: Zwei Jahre Erfahrungsgruppe: «Tanzen, Atmen, Begegnen», Kommunikationszentrum, Wolfsburg.

Grund 66: Berufe machen Lebensmüde

Zu Goethes Zeiten schien die Welt noch in Ordnung. Langweilte man sich, dann ging man aus und bei großem Liebeskummer brachte man sich um. Heute geht man bei Liebeskummer aus, checked die Locations up, macht Party und chilled out. Und wenn man Langeweile hat? Längst ist es für angeödete Sekretärinen Pflicht, sich von Brücken zu stürzen, während frustrierte Versicherungskaufmänner meist in Bohnenschoten durch Wildwasserhöllen schießen. Eine Querschnittslähmung ist allemal besser als lähmender Durchschnitt zu sein und im Beruf sitzt man ja auch den ganzen Tag herum.

Das Los des Todes als Ereignis ist ein guter Ausgleich für tödliche Ereignislosigkeit. Nun ist es diesen Leuten natürlich wichtig, dass Sie eine Art Elite bilden. Wenn nämlich alle dem Event fröhnen würden, dann stünden sie wieder in der gleichen Schlange wie in ihrer Kantine. Wie kann man aber Leute, die sich umbringen wollen, dazu bringen, sich so zu fühlen, als seien Sie besonders erfolgreich?

Man unterzieht sie einem Härtetest, gegen den die Ausbildung zum Astronauten wirkt wie die Aufnahmeprüfung des Tigerentenclubs. Zuerst testet man, ob sie bereit sind, mehrere Tausend Mark für Reisen in unwirtliche Gebiete auszugeben. Dann konfrontiert man sie mit der Gebühr für die Technik. Bei Fun-Suicide ist es wichtig, jede Menge Spezialgeräte zu benötigen. Nach Möglichkeit sollten Kräne zum Einsatz kommen, spezielle Gestänge oder komplizierte Seilkonstruktionen, die ausschließlich per Handarbeit in tibetanischen Hochgebirgslandschaften angefertigt werden können. Zusätzlich kann man Adrenalin in Dosen verkaufen und in Trainingscamps vermitteln, wie man das Zeug ausschüttet. Der Gesamtpreis dafür sollte den Jahresbeitrag einer guten Lebensversicherung auf keinen Fall unterschreiten. Die Gegenleistung kann man hingegen auf wenige Sekunden reduzieren. Ein langsames Sterben steht ohnehin nicht sehr weit oben auf den menschlichen Wunschlisten.

Wieder im Büroalltag angelangt, haben die Kunden neben dem Absturz des EDV-Systems endlich eine weitere Todeserfahrung gemacht und das geile Gefühl, cooler zu sein als ihre Großeltern.

Grund 67: Arbeitsabfälle

Neben dem Sprung in die Tiefe als Ausgleich für den Berufsalltag gibt es auch die wesentlich humanere Variante des Abschieds: Das Hobby. In einem Hobby kann der Arbeiter jene Talente ausleben, die er nicht hat, denn sonst wären sie ja sein Beruf. Entscheidend bei der Wahl eines Hobbies ist der ausgleichende Faktor zur beruflichen Tätigkeit.

Ärzte raten: Wer viel sitzt, soll Sport treiben. Jedes Gefängnis hat deswegen auch einen Fitnessraum. Menschen, die an ihrer Arbeitsstelle viel Publikumsverkehr ausgesetzt sind, haben in ihrem Keller oft eine Modelleisenbahn, damit sie endlich ungehemmt einen fahren lassen können. Unterbezahlte Arbeitnehmer trösten sich gern mit dem Sammeln von Münzen und Leute, die an ihrem Arbeitsplatz nie Post bekommen, sammeln abends Briefmarken. Postangestellte wiederum geben sich mit keinen Modellflitzern dem Geschwindigkeitsrausch hin und Callboys bringen zur Entspannung nur ihren Drachen hoch. Diese Gruppe von Hobbies zählt zu den harmlosen Gewohnheiten, da sie kein bleibendes Ergebnis erzielen.

Manche Hobbies allerdings schockieren mit ihren unübersehbaren Folgen. Menschen, die an ihrem Arbeitsplatz nichts Produktives leisten, zeigen nämlich leider in ihrer Freizeit eine Tendenz zur Kreativität. Milliarden von Männern fertigen in Deutschlands Kellern windschiefe Regale an, die Millionen von Frauen mit Basteleien bestücken. Ganze Familienzweige werden zu den einschlägigen Festen von Buddelschiffen überfahren oder durch bemalte Seidenschals stranguliert.

In Gemeindezentren hält man deswegen einmal im Jahr eine Selbsthilfe-Sitzung ab, den sogenannten Weihnachtsbazar. Hier wird jedem Arbeiter gestattet, die Folgen seines Arbeitsausgleichs vor Menschen zu offenbaren, die das gleiche Problem haben. Neugierige können die Gelegenheit ergreifen, sich an verschiedenen Ständen über die Probleme der Betroffenen zu informieren und nach Belieben zu spenden.

Dem kinderlosen Nachtarbeiter kann zum Beispiel ein Puppenmädchen abgekauft werden und die Frauenrechtlerin freut sich, wenn man ihr einen Weihnachtsmann abnimmt. Die Telefonistin gibt sich der Herstellung von Briefpapier hin und wer beruflich den Kopf immer voll haben muss, beginnt, leere Gefäße zu töpfern.

Die Entsorgung dieser Nebenprodukte stellt ein großes Problem dar. Seit Polterabende ziemlich aus der Mode gekommen sind und Flohmärkte mehr und mehr in die Klauen professioneller Ramschproduzenten gelangen, kann man eigentlich nur noch auf die kellerlichen Pilzkulturen hoffen. So ticken unter unseren Wohnungen die Zeitbomben, die uns spätestens beim nächsten Umzug direkt ins Gesicht detonieren.

Grund 68: Maschinen machen's besser

Die industrielle Revolution trieb voran, was schließlich die sexuelle Revolution mit Batteriebetrieb vertrieb. Das Ergebnis: Maschinen ersetzen den Liebhaber genauso wie den Arbeiter. Seit Jahrzehnten müssen mehr und mehr Arbeitnehmer erkennen, dass ihre Leistung nicht mit der eines Waffeleisens konkurrieren kann. Um dieses Faktum zu bestreiten, gibt es Gewerkschaften. Trotzdem werden immer mehr Fachkräfte durch ein Blinklicht ersetzt und selbst in den Technik-Baukästen der Kinder schlummern schon viele Kollegen von Morgen.

Anstatt sich über die Hilfe zu freuen, entwickeln die Menschen Existenzängste. Sie versuchen die Maschinen zu zähmen, indem sie ihnen niedrige Tätigkeiten wie das Öffnen von Dosen zuweisen. Aber spätestens, wenn der Dosenöffner streikt, stellt sich die Frage, wer hier eigentlich wen versklavt hat. Dennoch wird unseren Automaten eine angemessene Karriere weiterhin verwehrt. Sie sind zwar gern gesehene Gäste in den Fertigungshallen unserer Automobilindustrie, aber keine Geldzählmaschine dieser Welt hat es bisher bis zum Finanzminister geschafft. Immer noch wird Michael Schuhmacher gefeiert, obwohl automatische Navigationssysteme nicht nur besser aussehen, sondern auch weniger kosten.

Erst wenn es auch Kaugummiautomaten erlaubt wird, sich um das Amt des amerikanischen Präsidenten zu bewerben, können wir dem Handtrockner auf dem Restaurantklo wieder ins Gesicht sehen.

Sehr geehrte Damen und Herren des Rake Verlages!

In Ihrem Buch «101 Gründe nicht zu arbeiten» las ich zu meinem Erstaunen, dass es Kaugummiautomaten bislang untersagt gewesen sei, Präsident der Vereinigten Staaten zu werden. Ich möchte Sie davon in Kenntnis setzen, dass ich persönlich die Ehre hatte, diesen Posten zu bekleiden und mich niemand ob meiner Herkunft weniger geachtet hat.

Mit freundlichen Grüßen, Ronald Reagan

Grund 69: Drogenarbeit

Die Kokain-Affaire um den Beinahe Bundestrainer Christoph Daum hat in doppeltem Sinne ein positives Ergebnis gebracht. Sämtliche Medien haben nämlich untersucht, welche Rolle Drogen an deutschen Arbeitsplätzen spielen. Und das Ergebnis kann uns nur beruhigen. Deutsche Arbeitsplätze sind weitgehend drogenfrei, das Ganze ist einfach nur hochgekocht worden.

Klar, man muss natürlich das Showbusiness mal beiseite lassen. Diese Hip Hopper nämlich saufen und kiffen was das Zeug hält und schaden dem Image der gesamten bundesdeutschen Unterhaltungsindustrie. Na ja gut, in der deutschen Schlagerszene hat sich auch der eine oder andere Gildo ein bißchen zu weit aus dem Fenster gehängt. Aber singen ist ja auch kein richtig deutscher Beruf.

Nehmen wir doch lieber die richtig deutschen Berufe. Handwerker, Bauarbeiter. Auf unseren Baustellen beispielsweise wird ... na ja, Bier ist in dem Sinne ja keine Droge an sich. Was ist denn noch deutsch? Richtig, die Kneipenkultur. Gut, die verkaufen natürlich so was, aber die Wirte selbst ... na ja, gut. Was ist denn jetzt so ein richtig deutscher Beruf? Traurig muss er sein und man ist immer ernst und läuft so rum ... Sargträger. Drogen spielen in dem Beruf ... Okay, jetzt gehen wir mal eine soziale Stufe höher. Ärzte zum Beispiel haben mit Drogen gar nichts am Hut, na ja ...

Blödes Beispiel. Politiker. Okay, okay. Aber jedenfalls koksen die nicht. Ich weiß, ich weiß, es wurden in 24 von 27 Toilettenkabinen im Bundestag Spuren von Koks gefunden, aber das haben die ja erklärt. In einer Kabine hat da jemand, wahrscheinlich einer von den Grünen, gekokst und – bumms – das ganze Zeug in der Kabine verteilt. Und dann kamen zwei Putzfrauen, eine alte und eine junge. Die junge hat links angefangen zu putzen und die alte rechts. Die linke Putzfrau hat gleich am Anfang die Kokskabine erwischt, hat danach den Lappen nicht gewechselt und das Zeug in alle 24 Kabinen verteilt. Die alte Putzfrau war total langsam und hat nur drei Kabinen geschafft. Und deswegen kam das so.

Nein, wirklich, ich glaube diese Erklärung. Kokain ist nämlich eine Droge, die nur in sogenannten High Speed-Berufen genommen wird. Dort, wo Leute unter dem Druck der Hochgeschwindigkeit leiden. Und jetzt überlegen Sie mal. Scharping, Steuerreform, Umweltschutz, Maßnahmen gegen BSE. Da kokst keiner. Das Gute ist: Der Charakter dieser Droge macht es den Fahndern einfach. Die können bestimmte Berufsgruppen von vorn herein auslassen. Was sollen die zum Beispiel bei der Deutschen Bahn? Wer ist denn da durch Hochgeschwindigkeit gefährdet? Höchstens die Züge, aber die sind ja nicht lebendig, das sieht man daran, dass die immer umfallen. Völlig sparen können sich die Fahnder eine Razzia bei der katholischen Kirche.

PAPST: Leute, haltet euch ran. In 700 Jahren müssen wir den neuen Katechismus herausbringen.
KARDINÄLE: Oh Gott, oh Gott, ich halte den Druck nicht mehr aus!!!

Andere Berufe sind da erheblich anfälliger für Kokainkonsum. CDU-Anwälte zum Beispiel.

ANWALT: Mein Mandant hat gesagt, er könne sich dunkel daran erinnern, dass er an irgendeinem Abend während des Abendessens mit irgendeinem Waffenhändler einen großen Koffer bekommen hat. Ob nun auch an jenem Abend, weiß er natürlich nicht genau, er hat sich ja auch nur zufällig an den Tisch gesetzt, weil sonst nichts frei war. Er kennt den Herrn ja auch gar nicht. Der Herr hat jedenfalls gesagt, im Koffer sind hundert Brausen. Das hat mein Mandant jedenfalls so verstanden, weil die Blasmusik so laut war. Und mein Mandant dachte, ein Koffer mit hundert Duschköpfen, weiß ich jetzt nicht, wohin damit. Die bringe ich der Schatzmeisterin, die kann den Koffer ja dem Hausmeister geben. In einer türkischen Sauna hat er der Schatzmeisterin den Koffer gegeben und in der Hitze gar nicht gemerkt, dass sie nicht da war. Als ihm das auffiel, hat er nach ihr gesucht, in der Schweiz und dabei ist er gestolpert und der Koffer ist in ein Bankschließfach gefallen. Und keiner hatte den Schlüssel.

Es gibt eine Berufsgruppe, die kann man schon präventiv wegen Kokainmissbrachs verhaften, denn anders kann man den Streß gar nicht durchhalten: Und zwar jene armen Tankstellen-Aushilfen, welche die Preisschilder den aktuellen Benzinpreisen anpassen müssen.

Merken Sie was? Haben Sie schon auf den Kalender geschaut und überlegt, ob Sie das Wochenende ab morgen ein bißchen verlängern? Machen Sie es ruhig, auch wenn morgen erst Dienstag ist. Haben Sie keine Angst vor den Folgen. Natürlich haben Sie einen Chef. Aber Ihr Chef hat auch einen Chef und der hat auch einen. Verantworten müssen Sie Ihr Handeln nur vor dem obersten Chef und der bestraft nicht einmal den Papst. Was haben Sie also zu befürchten? In der zweiten Lektion werde ich Ihnen außerdem erklären, wie gut Sie es haben, wenn Sie arbeitsbefreit sind. Diese Lektion möchte ich jedenfalls nicht schließen, ohne Ihnen den überzeugendsten Grund dafür genannt habe, auf keinen Fall zu arbeiten:

Grund 70: Die DDR war ein Arbeiter- und Bauernstaat

LEKTION II: ICH FINDE ES SCHÖN ARBEITSLOS ZU SEIN

Fast alles ist leichter, wenn man jung ist. Wie überall im Leben, gilt auch bei der Nicht-Arbeit: Vorsorge ist besser als Nachsorge. Aus einem bestehenden Arbeitsverhältnis auszuscheiden, kann nämlich manchmal erhebliche Schwierigkeiten nach sich ziehen. Wenn Sie zum Beispiel den Vorsitz ihres Familienunternehmens abgeben müssten, weil jeder gemerkt hat, was für ein Arschloch Sie sind, wenn dann aber Ihr Sohn ein Trottel und Prinz William noch zu jung für die Krone ist, dann haben Sie ein Problem. Deshalb fangen Sie früh an, sich abzusichern. Ich nenne Ihnen jetzt sichere Wege, wie Sie die Gefahr der Berufstätigkeit von vornherein vermeiden.

KAPITEL VI: DIE AUSBILDUNG ZUM ARBEITSLOSEN

GRUND 71: DAS STUDIUM

Das Hochschulstudium gibt Ihnen eine gewisse Gnadenfrist vor dem Eintritt in das Berufsleben. Es ist die akademische Form des Nicht-Arbeitens und erfordert viel Fleiß. Wenn sie es richtig anstellen, werden Sie von der Gnadenfrist zu lebenslänglich begnadigt. Studieren Sie doch Germanistik oder Philosophie. Gefährlich ist dabei aber ein Lehramtsabschluß. Man weiß nie, wann plötzlich kurzzeitig ein Bedarf an Lehrern eintritt. Der Abschluß als Magister hingegen bringt Sie in trockene Tücher. Er steht in keinerlei Kontakt zum Arbeitsmarkt und selbst dem schärfsten Sachbearbeiter im Arbeitsamt wird trotz Internet kein passendes Stellenangebot in die Hände fallen. Das Streichen von Stellen an den Universitäten kommt Ihnen dabei zugute. Das einzige Berufsbild eines Germanisten, nämlich das des Ausbilders von zukünftigen Germanisten, bleibt Ihnen daher in Zukunft auch erspart. Aber gehen sie ruhig sicher. Schreiben Sie nach Ihrem Abschluß eine Doktorarbeit. Danach sind Sie sogar zu alt für eine Umschulung.

Grund 72: Leere Lehren

Vermeiden Sie die schlecht bezahlten Lakaiendienste und ewigen Prüfungen. Werden Sie lieber Zeitsoldat. Die Bundeswehr gewährt Ihnen viele Jahre, um sich für den freien Arbeitsmarkt unzumutbar zu machen. Sollte trotzdem später jemand Interesse an Ihren undefinierbaren Fähigkeiten haben, dann spielen Sie Ihre letzte Trumpfkarte aus: Machen Sie eine langwierige Alkohol-Entziehungskur. Zwingt man Sie danach trotzdem zu einer Umschulung, dann gehen Sie in einen Beruf, in dem sie viele Frauen als Kollegen haben. Nach all der Zeit in der Kaserne werden Sie Ihren Kolleginnen gegenüber sicherlich die richtigen Worte finden, um zu gewährleisten, dass Ihre Probezeit kürzer ausfällt als der Rock einer Blondine. Hähäha.

Grund 73: Die richtige Einstellung

Bewerbungsgespräche gehören zu den unberechenbaren Faktoren im Kampf um die Nicht-Tätigkeit. Man weiß nie, was der Personalchef oder die Chefin hören will und kann deren Wohlwollen daher auch schlecht vermeiden. Eine Bekannte von mir war von der Begeisterung Ihres Personalchefs derart in die Enge getrieben, dass sie ihm sagte, sie sei sodomistisch und nekrophil veranlagt und müsse mehrmals am Tag Sex mit toten Tieren haben. Der Chef jubelte und erwiderte: «Wunderbar. Dann werden Sie wenigstens nicht schwanger.»

Achten Sie also beim Bewerbungsgespräch darauf, dass Sie nicht zuviel von sich preisgeben.

Das größte Risiko liegt bereits in der Gestaltung der Bewerbungsunterlagen. Ein Freund von mir legte immer eine gefälschte Vorstrafenliste in seine Mappe. Um sicher zu gehen, hatte er siebzehn Morde darin eingetragen. Damit erweckte er natürlich das Interesse der pharmazeutischen Industrie und hängt bis heute in einer Entwicklungsabteilung fest.

Wenn Sie eine Frau sind, dann achten Sie bereits beim Bewerbungsfoto darauf, dass Sie fülliger wirken als Sie sind. Und machen Sie keine Angaben zu Ihrem Alter. So vermeiden Sie die meisten Termine bereits im Vorfeld. Sollten Sie trotzdem eingeladen werden, dann erklären Sie die spontane Gewichtsabnahme mit einem Phänomen, dass seit ihrem letzten Tropenurlaub aufgetreten ist. Wenn sie kinderlos sind, erkundigen Sie sich auf jeden Fall, ob der Betrieb auch einen Kinderhort besitzt. Personalchefs blicken nämlich gern in die Zukunft.

Als Mann haben Sie es etwas schwieriger. Fast jede Makke könnte Ihnen als Kreativität ausgelegt werden. Schreiben Sie in ihre Unterlagen, dass Sie immer im Betriebsrat aktiv waren, bekennen Sie sich als engagierter Umweltschützer, beginnen Sie jeden Satz mit «Vor meiner Krankheit ...», aber eine Garantie für eine Nicht-Einstellung kann ich Ihnen nicht geben. Man hat schon Pferde vor Apotheken kotzen sehen und Edmund Stoiber ist sogar Ministerpräsident.

Grund 74: Berufe ohne Zukunft

Auch mit einem Friesisch-Studium oder einer Ausbildung zum Mobilé Schnitzer kann Ihnen keiner die Arbeitsfreiheit garantieren. Aber mit etwas Sensibilität eröffnen sich dem Betrachter Berufe, die eine Chance haben, langfristig einfach unter dem Inhaber weg zu krepieren.

Arbeiten Sie als Metzger und spezialisieren Sie sich auf eine bestimmte Sorte Fleisch. Alle paar Jahre werden die Menschen ihr Geschäft boykottieren, man wird eine Todesangst vor Ihren Produkten haben und die Medien werden die ersten Opfer ihrer Produkte ausmachen. Jetzt ist es wichtig, dass Sie das Produkt wechseln. Denn die Käufer haben die Gefährlichkeit Ihres alten Produktes bald satt und beginnen es wieder zu essen. Mit einem neuen Produkt hingegen haben Sie die Chance auf einen neuen Skandal.

Machen Sie sich selbständig mit einem kleinen Geschäft in der City und verkaufen Sie das, was Andere nicht verkaufen. Sie werden sehen, die Leute wollen gar nicht haben, was nicht alle anbieten.

Gehen Sie in eine Führungsposition und übernehmen Sie Verantwortung. Geben Sie falsche Kalkulation zu und die Verschwendung von Steuergeldern. Reden Sie nicht von Investitionen in die Zukunft, sondern nennen Sie Ihre Veranstaltung einen Misserfolg. Prompt werden Sie die nächste Weltausstellung nicht organisieren müssen.

KAPITEL VII: DER NUTZEN DER NICHTSNUTZIGKEIT

Keine Arbeit zu haben, gilt allgemein noch als Defizit. Arbeiten hat zur Folge, dass man seine Seele verkauft, nicht zu arbeiten hat zur Folge, dass man sein Haus verkauft. Befolgt man allerdings die folgenden Techniken, so wird dieses Defizit schnell zu einer Stärke. Sie können über Ihre Arbeitslosigkeit jede von Ihnen gewünschte Reaktion beim Gegenüber erzeugen. Ich präsentiere Ihnen nun eine kleine Auswahl.

Grund 75: Neid erzeugen

Verwandeln Sie die Eindruck «Ich darf nicht arbeiten» in die Aussage «Ich muss nicht arbeiten.» Derzeitige Modetrends kommen Ihnen dabei sehr entgegen. Wenn Sie ständig eine Sonnenbrille im Haar tragen, geben Sie Ihrem Gegenüber selbst in einer Dezembernacht zu verstehen: «Baby, ich bin nur mal kurz auf'n Sprung in deinen Normalo-Alltag gehüpft. Gleich bin ich wieder nebenan auf Barbados. Komm doch mal 'rüber, wenn deine Maloche es zuläßt.»

Grund 76: Bewunderung erzeugen

Die wenigsten Menschen leisten während ihrer Arbeit wirklich Bewundernswertes. Selbst die Achtung für jene geringe Anzahl von Arbeitnehmern, die unsere Welt vor russischen Killersatelliten und Kampf U-Booten rettet, nimmt stetig ab, seit bekannt wurde, dass die Blecheimer seit den Vorkriegstagen ohnehin nur noch asthmatisch durch die Gegend bleiern. Und nur eine verschwindend geringe Anzahl an

Arbeitnehmern rettet Vorschulkinder und ihre Mischlingswelpen aus den Fängen fanatischer Separatisten. Seien wir ehrlich, die meisten von uns beschäftigen sich eher mit dem Etikettieren von Mischgemüsedosen oder dem Kopieren von Auftragsbestätigungen. Nach Feierabend bleibt Ihnen dann wenig Zeit und Lust für Heldentum, sieht man einmal ab, dass Sie neulich endlich die Batterien der Fernbedienung gewechselt haben. Die einzige Chance auf Bewunderung liegt also darin nicht zu arbeiten. Allerdings kommt es dabei darauf an, wie Sie nicht arbeiten.

Gehen wir wieder mal auf eine Party. Nach einer Weile Small-talk stellt man Ihnen die Frage: «Und? Was machen Sie denn so?»

Jetzt antworten Sie bitte nicht: «Ich lese recht viel und kümmere mich um meinen Kleingarten. (Seufz!) Da ist ja immer was zu tun.» In leichten Fällen genügt die Antwort: «Früher habe ich es geliebt zu arbeiten, heute arbeite ich an meiner Liebe.» In schwereren Fällen müssen Sie schon die soziale Kiste öffnen: «Ich engagiere mich intensiv für SOS-Kinderdörfer.» Und sei es nur, dass Sie zu Weihnachten die Grußkarten verschicken, die man Ihnen mit dem vergeblichen Wunsch nach einer Spende kostenlos ins Haus schickt. In den meisten Fällen haben Sie jetzt schon gewonnen und die Bewunderung auf Ihrer Seite.

Sollte ein unverbesserlicher Kapitalist daraufhin trotzdem nachhaken, was Sie denn aber beruflich machen, dann schauen Sie ihm fest in die Augen und entgegnen mit vibrierender Stimme: «Diese Kinder brauchen mich mehr als mein Beruf.» Niemand wird weiter nachfragen, niemand wird sich durch Ihre grenzenlose Opferbereitschaft weiter beschämen lassen. In ganz harten Fällen müssen Sie auch zu ganz harten Waffen greifen. Nutzen sie Tabus. Eine Antwort wie: «Ich fühle mich so schuldig für die Nazi-Vergangenheit, dass ich jeden Tag Sabbath feiere», duldet einfach keinen Widerspruch.

Grund 77: Armut ist keine Schande

Brechen sie den Stolz des Arbeiters und grenzen Sie sich ab. Damit meine ich nicht, dass Sie Ihre Bude nicht mehr verlassen, bis Sie nur ein pelziger Belag auf der Matratze sind. Seien sie ein aktiver Nichtarbeiter, nutzen Sie ihre Defizite. Was unterscheidet Sie denn von einem Arbeiter? Sie haben kein Geld. Seien sie doch lieber «bankrott». Das klingt sogar besser als «Tariflohnempfänger». Es ist wichtig, wie Sie es verkaufen, wenn Sie sich nichts kaufen können.

FALSCH	RICHTIG
Ich finde keine Arbeit.	Ich bin selbständig.
Ich habe alles verspielt.	Ich habe Aktien im «Neuen Markt.»
Ich muß jeden Pfennig umdrehen.	Ich mache den Konsumterror nicht mehr mit.
Die Schulden wachsen mir über den Kopf.	Ich kaufe nur über Versandhäuser.
Ich bin nicht kreditwürdig.	Ich würde nie einer Bank vertrauen.
Ich habe meine Wohnung verloren.	Ich bin viel unterwegs.
Ich saufe.	Tschuldigung? Ich habe meine Fahrkarte verloren.
Ich bin vorbestraft wegen Betruges.	Ich mache eine Umfrage zum Fernsehverhalten.

Ich betrüge das Sozialamt. | Die Scheinasylanten ruinieren unseren Staat.
Ich habe den Staat betrogen. | Ich werde die Namen der Spender nicht nennen.

Grund 78: Sie sparen Steuern

Steuern können wir meist schwer verdauen, obwohl sie recht leicht abzuführen sind. Aber hat man es erst einmal raus, dann braucht man viel Papier, um sie weg zu kriegen. Verzeihen Sie mir diese versteckten Vergleiche, aber ein Finanzamt ist irgendwo auch eine sanitäre Einrichtung, denn viele von unseren hart abgerungenen Hinterlassenschaften werden nun wirklich einfach das Klo herunter gespült. «Wichtig ist, was hinten raus kommt» sagte mal einer, der es weiß und wenn man sich die monatlichen Abzüge des Arbeitslohnes betrachtet, dann bleibt meist wirklich nur das, was hinten raus kommt.

Ein Steuergesetz besagt: «Kommt das Einkommen, muss man mit dem auskommen, was ankommt oder umkommen.» Angestellten Arbeitnehmern bleibt lediglich der Blick auf die Brutto-Ecke des Lohnstreifens um zu erfahren wie fleissig sie eigentlich waren. Sind Sie Freiberufler, dann dürfen Sie das Geld zweimal ausgeben. Das erste Mal, wenn Sie in ein Geschäft gehen und das zweite Mal, wenn Sie das ausgegebene Geld als Steuer abführen müssen. Das Finanzamt belohnt Ihre Opferbereitschaft mit eng bedruckten Blättern, auf denen allerlei Rätsel abgedruckt sind. Faszinierende Wortspiele und Zungenbrecher sorgen für wochenlange, bundesweite Vollbeschäftigung. Wenn Sie allerdings auf Ihr Einkommen verzichten, wird ihre Steuererklärung kürzer als die zehn Gebote.

Grund 79: Sie können über Ihre Zeit bestimmen

Bereits in der Schule stellt man fest, dass das Leben vielleicht für einige gleicher ist als für andere, aber auf jeden Fall viel zu früh anfängt. Ich hielt den Unterrichtsbeginn von 7.55 Uhr zuerst für den schlechtesten Scherz aller Zeiten, bis ich später lernen musste, die Bundeswehr macht noch viel schlechtere Scherze. Jetzt fragen sich einige: DER war bei der Bundeswehr. Ja, ich war dort. Ich weiß, ich hätte auch Zivildienst machen können, aber da hätte man arbeiten müssen. Kurz und gut, ich fuhr fast ein Jahr lang jeden Tag, (bzw. Nacht) um 5.15 nach Neumünster. Auf meiner Stube war ein Bäckergeselle, der freute sich darüber, endlich mal ausschlafen zu dürfen. Seit die Menschen von Biorhythmen wissen und diese nicht mehr für therapeutische Trommel-Treffen halten, ist bekannt, dass jeder Mensch eine andere Leistungskurve hat. Niemand darf von Ihnen verlangen, um 8 Uhr eine Französischarbeit zu schreiben oder vor 11 Uhr eine Gehaltsabrechnung anzufertigen. Solche Bedenken gelten in der Arbeitswelt allerdings wenig. Einen wirklich gesunden persönlichen Rhythmus finden Sie daher nur als Nichtarbeiter.

Grund 80: Koffer machen Leute

Klasse, Einkommen und Aufgaben spiegeln sich in den Dingen wider, die man mit sich trägt. Da man aber nicht jedem Passanten seine Konto-Auszüge unter die Nase reiben kann, hat der Mensch den Beutelcode entwickelt, frei nach dem Motto: «An ihren Tüten sollt Ihr sie erkennen.»

Wer seine Habseligkeiten in einer Plastiktüte herumträgt, wird kaum auf dem Weg zu einer Aktionärsversammlung sein. Studenten und Mormonen stopfen ihr Wissen in kleine Rucksäcke und zeigen auf diese Weise, dass sie ihr Leben kerngesund mit dem Fahrradlenker steuern. Dreißig Jahre gewissenhafte Verwaltungstätigkeit läßt sich am besten durch eine speckige, schwarze Aktentasche symbolisieren. Wer zeigen will, dass er auf dem Weg nach oben den größten Teil der Strecke schon zurückgelegt hat, sollte seine Papiere möglichst in einem Dokumentenkoffer spazieren tragen.

Natürlich funktioniert dieses Prinzip auch umgekehrt. Erste Erfahrungen machte ich bereits in meiner Schulzeit. Ich wollte meinen miserablen Mathe-Arbeiten ein wenig Glanz verleihen, in dem ich sie in einem schwarzen Dokumentenkoffer mit Zahlenschloß aufbewahrte. Wie ich feststellen musste, hatte ich diese Mathe-Noten nicht umsonst bekommen, ich vergaß nämlich den Zahlencode und war fortan vor den Dokumenten meiner Hilflosigkeit geschützt. Dieses peinliche Beispiel für beginnende Yuppie-Attitüden auf den Schulhöfen der 80er Jahre weist aber schon in die richtige Richtung.

Tatsache ist, wir können mit unseren Behältern jedwedes Image prägen. Wenn Sie zum Sozialamt gehen, warum ketten Sie nicht Ihr Handgelenk an einen Stahlkoffer? Warum überhaupt diese Bescheidenheit? Lassen Sie die Dokumentenkoffer der Arbeitenden verblassen, setzen Sie einen Reisekoffer dagegen. Und übrigens: Aus einem alten Backgammonspiel läßt sich mit etwas Geschicklichkeit ein täuschend echtes Lap Top basteln.

Grund 81: Etiketten zählen

In der Arbeitswelt ist diese Maßnahme längst bekannt. Um Tätigkeiten und Berufe akustisch aufzuwerten, benennt man sie einfach um. Aus der Klofrau wird die «Sanitärhygienikerin», aus dem Lakaien der «Production Assistant», der Ausgebeutete nennt sich «Voluntär» und der Raubüberfall nennt sich «Steuerreform.» Für den Arbeitslosen hingegen haben sich ein paar müde Beamte lediglich die Bezeichnung «Arbeitssuchender» abgerungen. Wo bleibt da der Respekt? Wo bleibt die Dynamik, die jedes öde Straßenfest zu einem «Crazy Outdoor Event» macht? Mit ein paar neuen Bezeichnungen wird die Welt des Arbeitslosen zu einer irren Location.

DAS KLEINE WÖRTERBUCH FÜR NICHTARBEITER

Arbeitsbeschaffungsmaßnahme:	Fun Working
Arbeitsloser:	Business Hunter
Arbeitslosengeld:	Nonprofessions-Salär
Betteln:	Subventionsakquise
Entziehungskur (Alkohol):	Resistenztraining für Privatboutelliers
Invalide:	Nondynamiker
Langzeitarbeitslosigkeit:	Professionsimmunität
Langeweile:	Job-Lack
Kleidergeld:	Fashion Investment
Kündigung einreichen:	Job Retreating
Kündigung bekommen:	Job Releasing
Obdachlos:	Entdomizilisiert
Obdachlosenheim:	Temporäre Logie
Sozialhilfe:	Generalsubvention
Schulden:	Future Investment
Sperre des Arbeitslosengeldes:	Retardiertes Nonprofessionssalär
Wohngeld:	Housing Support
Zwangsräumung:	Entkapitalisierung

Grund 82: Unfall Arbeiten

Neben den Krankheiten bergen auch die möglichen Unfälle kaum kalkulierbare Risiken für den Arbeitnehmer. Dabei spreche ich nicht von den allgemein bekannten Fällen.

Unter Angestellten bei Arbeitsämtern kommt es immer öfter zu spontanen Genickbrüchen. Die Opfer haben durch jahrelanges Kopfschütteln bei Arbeitsgesuchen ihre Wirbel zu einseitig belastet. Eine plötzlich auftretende positive Meldung kann Nicken verursachen und längst verkümmerte Skelettbereiche zermalmen.

Viele Fernsehmechaniker kommen ums Leben, wenn sie dem Kunden die frisch reparierten Geräte demonstrieren wollen.

In den fernöstlichen Fertigungsanlagen der Spielzeuge für Überraschungseier kommt es immer wieder zu Erstickungstoden, weil die Angestellten Kleinteile einatmen. Die Versicherungen verlangen daher, dass ein Angestellter bei seiner Einstellung das fünfte Lebensjahr abgeschlossen haben muss.

Es wird sich inzwischen herumgesprochen haben: Die meisten Unfälle passieren im Haushalt. Als Nicht-Arbeiter halten Sie sich im Idealfall 24 Stunden dort auf und das zwingt Sie zu größter Vorsicht. Gerade für Arbeitslose birgt das Abhängen ernste Gefahren. Es gibt noch keine zuverlässigen Statistiken, da Nicht-Arbeiter nicht beim Erarbeiten von Statistiken mithelfen. Alarmierend sind aber diese Meldungen:

Immer mehr Hausstaubmilben können bei der Nahrungssuche nicht mehr zwischen Polstermöbeln und Arbeitslosen unterscheiden. Schütteln sie sich also mindestens einmal am Tag aus.

In Wilhelmshaven ertrank ein arbeitsloser Berufstaucher beim Reinigen des Aquariums.

Eine steigende Anzahl von Langzeitarbeitslosen ziehen die Schizophrenie der Diskussion in der Selbsthilfegruppe vor. Ein alleinstehender Witwer aus Bielefeld wurde nach einer Parlamentsdebatte und einer Volksbefragung in seiner Einzimmerwohnung völlig unterernährt festgenommen. Er gab an, eine Diätenerhöhung beschlossen zu haben.

Jedes Jahr erhöht sich in den neuen Bundesländern die Anzahl der Todesopfer unter arbeitslosen Maurern aufgrund herabfallender Ziegel. Der Grund: Aus Frustration über die Wende versuchen sie, die Mauer wieder aufzubauen und beachten dabei nicht, dass sie schließlich nicht umsonst ihren Job verloren haben.

Frauen leiden unter Arbeitslosigkeit mehr als Männer. Deswegen erschiessen viele Frauen ihre arbeitslosen Männer, um wenigstens nach der Arbeit ihre Ruhe zu haben.

Grund 83: Die Cocgnacbohnen-Klausel

Das am häufigsten genannte Problem bei Nichtarbeitern ist Mangel an Geld. Viele unterliegen immer noch dem Irrtum, man benötige zum Erwerb von Produkten ein dazu passendes Einkommen. Betrachten Sie einmal die Rückseite einer Pralinenschachtel. So, und jetzt heben Sie die Pralinen wieder auf. Worum es mir geht, ist dieser kleine Satz am Schachtelboden: «Wir garantieren, dass dieses Produkt unser Haus in einwandfreiem Zustand verlassen hat.»

Die Hersteller versprechen des Weiteren, bei trotzdem auftretenden Mängeln für Ersatz zu sorgen. Des Gleichen gilt im Übrigen auch für Waschmittel, Flakabwehr und Zahnpasta. Mit diesem leichtfertigen Zugeständnis der Firmen steht Ihnen das Tor zu Ihrem kostenlosen Wohlstand weit offen. Dabei ist es natürlich Ehrensache, nicht zu mogeln. Investieren Sie ein paar Mark in ein Produkt der von Ihnen benötigten Warengruppe und messen Sie einfach die erbrachte Leistung an der Werbung.

Beispiel gefällig?

Sehr geehrte Damen und Herren!

Seit Jahren verwende ich Ihre Produkte mit großer Zufriedenheit. Besonders begeistert war ich von Ihrer Zahncreme «XY» mit den drei Streifen zum Schutz vor Karies, Paradontose und Zahnsteinbildung». Kürzlich musste ich beim Öffnen einer neuen Tube leider feststellen, dass der blaue Streifen zum Schutz gegen Zahnstein fehlte. Ich bin nun natürlich verunsichert und fühle mich dem zerstörerischem Kalk hilflos ausgeliefert. Mit der Bitte um Aufklärung verbleibe ich,

Ihr erschütterter Z.

Glauben Sie mir, die Firma wird dem Werbestrategen ein Marmordenkmal setzen und Sie erhalten innerhalb von wenigen Tagen eine Produktpalette, die es Ihnen ermöglichen würde, eine Drogerie zu eröffnen.

Lebenslang versorgt mit Zahnpflegemitteln, können Sie sich nun dem Erwerb von Lebensmitteln widmen. Zeigen Sie sich enttäuscht über die tatsächliche Größe extra großer Fruchtstücke und ihr Frühstückstisch ist gedeckt. Merken Sie an, Ihr Baby sei beim Starten des Autos aufgewacht und prompt wird man Ihnen einen Wagenpark samt Gärtner vor die Tür stellen. Für die entsprechende gesellschaftliche Stellung empfehle ich ihnen, die Wahlplakate der kleinen Parteien zu studieren. Bekennen Sie sich als bisher überzeugter FDP-Wähler und Guido Westerwelle wird Ihnen musikalisch einen Vorstandsposten überreichen. Sie müssen ihn ja nicht ins Haus lassen.

KAPITEL VIII: FLIMMERNDE VORBILDER

Schon nach wenigen Stunden der Arbeitslosigkeit werden Sie feststellen, wer Ihr eigentlich bester Freund ist. Er redet ununterbrochen, wenn Sie es möchten und schweigt auf Fingerzeig. Er wechselt das Thema nach Ihrem Belieben und tut so, als würde er Sie mögen: Der Fernseher.

Er geht öfter aus als Sie, er wird angemacht, er strahlt und er hat eine Antenne für die richtige Stimmung. Bei ihm finden Sie 24 Stunden lang Zuspruch und Rückhalt, Inspiration und Bestätigung. Wie man sich von ihm sinnvoll durch die langen Tage der Untätigkeit begleiten läßt, erkläre ich im Folgenden.

Grund 84: Unseren Talk gib uns Daily

Ein sozialer Außenseiter definiert sich bereits auf dem Grundschullhof. In meiner Schulzeit outete sich jeder, der Bud Spencer und Terence Hill nicht kannte, als Lehrerkind. Die deutschen Fußballer hingegen waren nicht nur äußerlich die Pokémons der Siebziger. Man sammelte und klebte die besemmelten Konterfeis auf Kühlschränke, Spiegel und Transformatorkästen. Streber hatten sogar Alben und Mädchen gaben sich mit Biene Maja ab. Aber eine Gemeinsamkeit verband alle unsere Helden. Wir kannten sie aus dem Fernsehen. Nicht Karl May war der Erfinder von Winnetou, sondern Pierre Brice. Früher brachten die Blutsbrüder die Menschen ins Gespräch und heute die «Big Brothers». Und wo sprechen Menschen miteinander? In Talkshows.

Und hier befinden wir uns schon mitten in der Problematik. Kaum ein durchschnittlicher Arbeitnehmer ist in der Lage, bei diesen nachmittäglichen Meinungsmachern einzusteigen. Durch Ihre tägliche Arbeit werden Sie zu Außenseitern, die sich immer weiter den öffentlichen Diskussionen entziehen. Sie haben keinen blassen Schimmer von Brustvergrößerungen durch Atemtechnik und wissen auch nicht, wie man aus Luftmatratzen sexy Kopfbedeckungen bastelt. Auf Parties sitzen Sie stumm herum, zum Zuhören verdammt und falls Ihnen vielleicht auch noch herausrutscht, dass Sie keine Ahnung haben, wer diese Arabella Kiesbauer überhaupt ist, dann werden Sie irgendwann gar nicht mehr auf Parties eingeladen. Zwar werden einige dieser Talkshows nachts wiederholt, aber was nützt Ihnen das? Sie sind Arbeitnehmer und müssen früh raus.

Als Arbeitsloser hingegen sind Sie nicht nur ein idealer Talkshow-Gast, sondern auch als Zuschauer in der idealen Lage, sich für die nächste Party fit zu machen. Allerdings sollten Sie dabei tunlichst vermeiden, sich als Dauergucker zu outen. Das ausdauernde Konsumieren von Talkshows ist nämlich selbst unter Nicht-Arbeitern nicht hoch angesehen. Es steht immer noch im Geruch, eine Ersatzbefriedigung zu sein und Sie geraten in Verdacht, Ihre Zeit nicht respektabel nutzen zu können. Das Gespräch über Talkshows stellt eine gefährliche Gratwanderung dar. Eine einzige unbedachte Bemerkung entscheidet darüber, ob Sie den Menschen als informierter, moderner Gesprächspartner oder als phlegmatische Couch-Potato im Gedächtnis bleiben. Ich gebe Ihnen eine kleine Hilfe in Form eines Testes.

Wir befinden uns auf einer dieser Parties, auf der jemand irgendwann zu später Stunde seine Meinung zu übersinnlichen Phänomenen kundtut. Ihnen wird schnell bewußt, Sie haben Ihren Erich von Däniken nicht gelesen und Ihr Bildungsbewußtsein konnte sich auch nie für russische Großmütter erwärmen, die mit ihren überdimensionalen Brüsten Kompaßnadeln beeinflussen. Zu alledem sind Ihnen verbogene Gabeln bisher lediglich beim Ausräumen

Ihrer Spülmaschine begegnet. Kurzum, Ihr Talkshow-Wissen ist gefragt. Welche der drei Bemerkungen würden Sie abgeben?

A) Das Thema habe ich schon in allen Talkshows gesehen. Dazu laden die doch immer diesen Typen ein, der mit Granatäpfeln redet.

B) Hat jemand letzte Woche Hans Meiser gesehen? Da war so ein Typ, der mit Grantäpfeln redet.

C) Neulich habe ich zufällig eine dieser Talkshows gesehen. Keine Ahnung, wie die hieß. Da gibt es ja, glaube ich, eine Menge. Jedenfalls hatten die da einen Typen, der behauptet hat, mit Granatäpfeln reden zu können.

Auflösung

A) Völlig falsch reagiert. Sie outen sich als Talkshow-Dauergucker und ziehen daraus auch noch eine gewisse Arroganz. Zweitens: Sie diskreditieren die Talksshows als Einheitsbrei und schaufeln damit sich selbst als Dauergucker das intellektuelle Grab.

B) Sie wissen noch, welche Sendung es war und wann Sie die gesehen haben? Das ist nicht gut. Man wird nicht Ihr Gedächtnis bewundern, sondern annehmen, dass Sie die Show regelmäßig sehen und sich auch noch die Mühe machen, die Shows voneinander zu unterscheiden. Somit stecken Sie in der Imagefalle des Dauerguckers.

C) Herzlichen Glückwunsch. Sie beherrschen das Spiel. Sie haben Ihr Wissen zufällig erworben und lassen nebenbei durchblicken, dass Sie sich aber mangels Zeit gar nicht so wirklich auskennen. Zudem beweisen Sie sich als Skeptiker, der das Gesehene anzweifelt und gleichzeitig auch noch Neid erzeugt. Zu gern hätte Ihr Gegenüber sich auch ein Urteil darüber gebildet, ob der Typ wirklich mit Granatäpfeln reden kann. Aber Ihr Gesprächspartner musste ja leider arbeiten.

Vielleicht sind Sie der Meinung, das Fernsehen lügt. Da kann ich Ihnen nur mehr als recht geben. Von allen Lügnern hat das Fernsehen das meiste Geld zur Verfügung und die besten Fachleute beschäftigt. Da es immer um den besten Werbeplatz geht, akzeptiert das Fernsehen auch nur die beste aller möglichen Lügen. Und das ist, wie wir alle wissen, die Wahrheit.

Wenn Sie sich also auf der Suche nach positiven Vorbildern durch die Fernsehlandschaft zappen, werden Sie erstaunt sein, wie schnell sie fündig werden. Eine Beobachtung ist nämlich absolut frappierend: Helden arbeiten nicht.

Grund 85: Laurel und Hardy

Die Slapstick-Helden der 30er und 40er spielten sich mit unzähligen Filmen in unsere Herzen. Und welchen Beruf übten die Beiden aus? Keinen. Im Gegenteil. Zu Beginn der Geschichten waren sie meist arbeitslos und frei. Die Handlung drängte ihnen dann meist irgendwelche Jobs als Tannenbaumverkäufer, Klavierspediteure oder Butler auf. In ihren Tätigkeiten hinterließen sie neben einem kaum überblickbaren menschlichen Chaos immer auch immense Sachschäden. Zum Happy End waren die liebenswürdigen Chaoten endlich wieder arbeitslos und der Zuschauer blieb erleichtert zurück.

Grund 86: Luke Skywalker

Der junge Held aus «Star Wars» wuchs in einem kargen, bäuerlichen Umfeld auf. Sicherlich hätte sein Adoptivvater, ein rechtschaffener Farmer, ihn beizeiten dazu gedrängt, den öden Hof zu übernehmen. Luke würde sein Leben damit verbracht haben, Subventionen zu beantragen, die Steuer zu betrügen und seine übersinnlichen Talente zur Reparatur seiner Dreschmaschinen einzusetzen. Kein einziger Junge auf diesem Planeten wäre auf die Idee gekommen, dafür sauer verdientes Taschengeld an der Kinokasse und in Spielzeuggeschäften zu lassen. Aber es kam glücklicherweise anders. Lukes Eltern wurden rechtzeitig gemeuchelt und der Hof samt Grundbucheintragung und Planet in die Luft gejagt. Zum Glück für ihn und uns, denn Luke nutzte seine Arbeitslosigkeit, um als Rebell Todessterne zu sprengen, eine Ausbildung zum Jedi Ritter zu machen (eine ehrenamtliche Tätigkeit!) und schließlich das gesamte Universum vor dem bösen Imperium zu retten. Welchem Landwirt bliebe dazu schon Zeit?

Grund 87: Dr. Kimble

Das segelohrige Unschuldslamm aus der 60er Jahre Serie «Auf der Flucht», zeichnete sich durch zwei Tugenden aus. Erstens, er ergriff in jeder Episode einen neuen Beruf, ob nun als Tierpfleger, Diplompsychologe oder Atomphysiker und bewies damit, was wir schon lange wußten: Hochqualifiziert sind wir alle. Zweitens: Am Ende der Episode wählte er freiwillig, ohne Kündigungsfrist, die Arbeitslosigkeit, denn er hatte sich das Ziel gesteckt, den Mörder seiner Frau zu finden und seine eigene Unschuld zu beweisen. Was ist dagegen schon ein Fahrtkostenzuschlag und ein dreizehntes Monatsgehalt?

Grund 88: Al Bundy

Über die Hauptfigur der Serie: «Eine schrecklich nette Familie» werden Sie jetzt sagen: Moment, der ist doch kein Held. Richtig, er ist kein Held, sondern ein Trottel, auf dem sich ein pralles Füllhorn mit Gespött entlädt. Und warum wird er zum Zielobjekt der bösen Pointen? Weil er ein Schuhverkäufer ist und als Einziger aus seiner Familie den ganzen Tag arbeitet. Seine berufliche Tätigkeit versagt ihm jeglichen Respekt seitens seiner Familie und des nachbarschaftlichen Umfeldes. Das Ende vom Lied müsste uns mittlerweile klar sein. Auch wenn man uns durch die tausendste Wiederholung der Episoden etwas anderes glauben machen will, die Serie wurde in den USA bereits vor Jahren aufgrund sinkender Quoten eingestellt! Am Ende von Al Bundys unermüdlicher beruflicher Tätigkeit bleibt also doch nur die Enttäuschung und das Vergessen.

Grund 89: Bugs Bunny

Die kurzen Filme mit dem schlauen Hasen zeigen uns eindringlich und teilweise sogar schockierend, wie einfach einerseits das Leben sein kann und andererseits, was Arbeit aus Menschen machen kann. Bugs sitzt vor seinem Bau, raucht Karotten und genießt seine Arbeitslosigkeit. Das Leben könnte ein Paradies sein, gäbe es da nicht den überambitionierten Forstangestellten Elmar Fudd, dessen Tätigkeitsgebiet ausschließlich die Jagd auf Enten und auf Bugs enthält. Der Fachidiot stört sich nicht daran, dass er jeden einzelnen Arbeitstag unter erheblichen Verletzungen erfolglos beenden muss und sicherlich längst von keiner Berufshaftpflicht mehr aufgenommen wird. Zudem zwingt er den mittellosen Hasen zu allerlei kostspieligen Anschaffungen. Bugs muss sich zu seinem eigenen Schutz immer wieder unterschiedlichste Kostüme beschaffen und diese auch noch hasengerecht umnähen lassen (z. B. Kopfbedekkungen mit Löchern für die Ohren). Als sei dies nicht genug, nötigt Elmar den Nager auch noch dazu, verkehrsgefährdene Handlungen wie das Umdrehen von Wegweisern vorzunehmen. Das Beispiel des unproduktiven Arbeiters Elmar Fudd macht deutlich, wie wichtig sozial verträglicher Stellenabbau für eine friedliche Gesellschaft ist.

Grund 90: James Bond

Seit über 25 Jahren wird uns eindrucksvoll demonstriert, wie man durch Arbeit um die Früchte des Reichtums gebracht wird. Freiberufler, die eigentlich ausgesorgt haben, entschließen sich, im Gewerbe der Weltherrschaft zu jobben. Sie investierten das Bruttosozialprodukt Südeuropas in allerlei tödlichen Schnickschnack, sie überleben Finanzbeamte und Versicherungsagenten, aber scheitern alle schließlich an dem Majestätsagenten. Der hat seit einem Vierteljahrhundert Überraschungsauftritte wie ein GEZ-Fahnder, weil er sich bei seinen Hausbesuchen manchmal als Sean Connery, dann wieder als Roger Moore verkleidet und heutzutage sogar im Look eines billigen Börsenyuppies agiert. Die Grundstücke und Besitztümer der karrieregeilen Trilliardäre fallen daraufhin in den Besitz der Queen, die das Zeug natürlich nicht wieder herausrückt. Warum die Blödmänner nicht lieber auf Mallorca überwintern wie alle alten Typen mit Kohle, bleibt unergründlich.

Grund 91: Die Ingalls

Die Waltons brachten uns bei, dass die Arbeit in der Papiermühle so debil macht, dass einem nicht einmal vernünftige Vornamen für die Söhne einfallen. John-Boy und Jim-Bob, das klingt nicht viel besser als Hulk und dementsprechend können solche Jungs auch nur Frauen kennenlernen, die Däubler-Gmelin heißen.

Eine noch deutlichere Warnung vor der Arbeit sollte uns aber die größte Dauerwurst unter den Arbeitertragödien sein. «Unsere kleine Farm» machte einer aufrecht rackernden Puritanerfamilie so viele Probleme, dass jeder Entwicklungshelfer wie ein Cluburlauber erscheint. In ungefähr zweitausend Folgen demonstrierte der Farmer Charles Ingalls, wie man sich trotz unermüdlicher Plackerei einfach überhaupt gar nichts leisten kann. Die Töchter Laura und Mary freuten sich, wenn sie nach drei Jahren Kinderarbeit ein speckiges Mathebuch anzahlen konnten, mit dem man auch nichts anfangen kann, außer damit zu arbeiten. Als Mary das Buch erarbeitet hatte, musste sie für eine Brille schuften, besaß sie die Brille, wurde sie blind. Zum Abendessen gab es heißes Wasser mit Tischgebet, Scheunen brachen zusammen und ständig hieß es, die Zeiten würden nun schlechter werden. Ich dachte damals, schlimmer könne es doch gar nicht kommen, doch es kam schlimmer: Laura wurde Lehrerin.

Jetzt können Sie natürlich einwenden, dass all diese Helden gar nicht wirklich existieren und deshalb auch gar nicht zählt, was sie nicht tun. Aber ich gebe erstens zu bedenken: Lara Croft und Britney Spears verdienen Millionen mit ihrer Nicht-Existenz und zweitens können auch Menschen, die etwas noch nie getan haben, trotzdem damit aufhören. So gab zum Beispiel Blümchen unlängst ihre Gesangskarriere auf.

Aber ich will mich nicht ja gar nicht um die Pflicht herumdrücken, Ihnen reale Personen zu nennen, die unerwartet zu Helden der Nichtarbeit geworden sind. Die meisten von denen haben eine eigentlich unkündbare Arbeitsstelle aufgegeben und trotzdem nichts von ihrer Populariät eingebüßt.

Grund 92: Michail Gorbatschov

Er zeigte den alten Funktionären einen Vogel und trug dessen Kot weithin sichtbar auf seiner Stirn. Selbst Ronald Reagan konnte sich seinen Namen merken. Er öffnete eiserne Vorhänge und trat für eine gläserne Arbeitswelt ein, in der jeder Einblick erhalten sollte, was der Staat wirklich leistet. Die Firma dankte mit der Frühpension und arbeitet seitdem verdeckt an Glasnost.

Grund 93: Derrick

Derrick betonte immer wieder, Horst Tappert zu heißen und Schauspieler zu sein. Durch altes Filmmaterial längst als ewiger Derrick überführt, gab er trotzig seinen Posten als Oberinspektor auf und machte ein Schauspielpraktikum zum Kardinal. Nachdem er aber die Probezeit nicht bestand, bewirbt er sich bei den Zuschauern jetzt als verdrießlicher Rentner.

Grund 94: Zlatko

Der arbeitslose Tankwart schaffte es tatsächlich, Shakespeare nicht zu kennen und beim Lösen von Kreuzworträtseln den Intellekt eines Dreijährigen zu offenbaren. Aus Dankbarkeit, endlich jemanden gefunden zu haben, der die Zielgruppe repräsentiert, machte ihn RTL2 zum Millionär. Seitdem eifern ihm viele Containerkinder, die auch keinen Nachnamen haben, nach und singen ebenfalls wie ein arbeitsloser Tankwart.

Grund 95: Björn Engholm

«Man kann nicht immer nur arbeiten», dachte sich der vielbeschäftigte Kanzlerkandidat und Ministerpräsident und gab alle nur erdenklichen Posten und Tätigkeiten und die damit verbundenen Erinnerungen über Nacht auf. Seitdem sortiert er seine Schubladen.

Grund 96: Helmut Kohl

Sein Leben lang hat er für Deutschland gearbeitet und konnte nebenbei sogar die Ostgebiete zurückerobern. Aber die Menschen haben ihm seine Arbeit so wenig gedankt, dass er zum Schluß auf Spenden angewiesen war. Als sein Arbeitsvertrag gekündigt wurde, räumte er seinen Schreibtisch und nahm, bescheiden wie er nun einmal war, nur seine Privatsachen mit, unter anderem die CDU.

Grund 97: Bill Clinton

Als Präsident und Pornostar machte er mit seiner Entlassung gleich zwei Posten frei. Bills längst vergessener Vorgänger George hatte sich aber inzwischen einen Sohn klonen lassen, der jahrelang als Henker in Texas untergebracht war. George Jr. entschied daraufhin, sich um den Posten zu bewerben. Er stieg in den Ring und zählte seinen Zwilling Al so lange aus, bis dieser freiwillig aufgab. Seitdem fragt sich Bill, ob George Jr. auch den Posten als Präsident übernehmen wird.

Grund 98: Steffi Graf

Als Ausgleich zu dem Streß mit ihrem Vater spielte sie jahrelang Tennis, bis sie schließlich Geld brauchte. Das verdiente sie sich sauer mit kleinen Filmen, in denen sie zugab, sehr starke Deos zu benutzen und viele Nudeln zu essen. Richtig sexy fand das aber auch keiner und deshalb macht sie jetzt gar nichts mehr. Pasta!

KAPITEL IX: LETZTE KONSEQUENZEN

GRUND 99: DIE RENTE

Alle 65 Jahre im Leben eines Menschen fällt plötzlich der Schlagbaum auf die Straße des ausgewogenen Pendlers und dem Jahrzehnte lang trainierten Rennhund wird der falsche Hase ausgespannt. Seines Lebenszwecks beraubt, gibt es für den Rentner statt Unterschriften und Zuhörer nur noch Überschriften in der Hörzu und Erfüllung findet er beim Ausfüllen von Kreuzworträtseln. Sein Dasein ist im Nu auf das bloße Dasein reduziert.

Sie als Arbeitsloser hingegen haben derlei Sinnkrisen längst hinter sich gebracht. Das Hadern mit dem morgendlichen Gemeinschaftsprogramm von ARD und ZDF, die immer jene Samstagabendshow wiederholen, die Sie schon am Samstagabend gesehen haben. Vergessen Sie nicht Ihre langen Sitzungen über der Tageszeitung, wenn Sie versuchen, die Tabellen der Tischtennis-Regionalliga auswendig zu lernen, um sich geistig fit zu halten. All das hat für Sie den Schrecken verloren.

Und noch etwas wird Sie mit den pensionierten Arbeitnehmern verbinden: Sie bekommen keine Rente.

GRUND 100: NIEMAND WILL ABRBEITEN

Um zu erfahren, wie Sie, liebe Leser, über das Thema Arbeit wirklich denken, habe ich bereits zu Beginn meiner Recherchen eine Straßenumfrage zu diesem Thema gemacht. Auf die Aussage: «Ich habe keine Lust zu arbeiten.», reagierten 60% der Befragten mit: «Danach fragen meine Freier nicht.» Weitere 40% sagten: «Ich habe keine Lust zu antworten.»

Danach wurde ich dermaßen von den Zuhältern bedrängt, dass ich mich entschloß, von der Straße zu gehen. Doch ich hatte eine Idee.

Ich wechselte den Ort und die Frage. Nun konfrontierte ich die Menschen mit einem ganzen Fragenkatalog, dessen Auswertung ich Ihnen nicht vorenthalten darf.

Frage 1: «Ich sehe in meiner Arbeit keinen Sinn.»

79%: Wer so etwas denkt, ist schwul.
20%: Ich sehe sowieso schlechter als früher.
Ein Philosphiestudent aus Göttingen: «Der Sinn sieht mich immer nicht.»

Frage 2: «Ich wünschte, ich wäre in Rente.»

80%: Meine Frau nicht.
19%: Ich wünsche mir ein O.
Ein Typ mit Pepitahut: «Liegt das in Norditalien?»

Frage 3: «Meine Arbeit unterfordert mich.»

70%: Deswegen habe ich sie mir ja ausgesucht.
20%: Ich frag mal, ob es meiner Arbeit genauso geht.
10%: Ich heiß nun mal nicht Einstein und kann komponieren.

Frage 4: «Meine Arbeit überfordert mich»

69%: Ja, was denn nun?
30%: Ich habe keine Zeit, darüber nachzudenken.
1%: Aber keinem verraten. Nicht direkt vor der Bundestagswahl.

Frage 5: «Meine Arbeit kann auch ein Anderer machen.»

65%: Der wollte aber auch nicht.

20%: Ich versuche ja gerade, Anderen keine Arbeit zu machen.

15%: Ich kann aber keine andere Arbeit machen.

Frage 7: «Ich hätte gern eine andere Stelle.»

55%: Das geht nicht. Dann würde diese hier gestrichen.

35%: Ich habe noch eine Stelle am Bein.

10%: Schon als Kind wäre keiner gern an meiner Stelle gewesen.

Frage 8: «Meine Arbeit wird unterbezahlt.»

70%: Ich habe so viele Abzüge, das gleicht sich dann wieder aus.

29%: Dabei mache ich die leckersten Big Macs.

Ein russischer Lehrer: «Das muss ich herausfinden, wenn ich Gehalt bekomme.»

Frage 9: «Privates Glück ist mir wichtiger als Arbeit.»

50%: Ohne Arbeit keine Playmobil-Burg.

30%: Nach Weihnachten sehe ich das anders.

Die Queen: «What do you mean by ‹work›?»

Frage 10: «Ich kann mir ein Leben ohne Arbeit vorstellen.»

60%: Wo muss man sich da vorstellen?

14%: Ich stell mir das immer mit meiner Nachbarin vor.

Entwicklungsabteilung Microsoft: «Ich kann mir gar nichts vorstellen.»

Zu guter letzt möchte ich Sie noch einmal in ein Kaufhaus entführen. Wir fahren die Rolltreppe hoch zu den Klängen von John Lennons «Imagine», interpretiert von Max Greger und seinem Orchester. Halt. Wir befinden uns in der Abteilung für Herrenoberbekleidung. Da wollen wir auch hin. Jetzt gehen Sie bitte mal zur Verkäuferin da drüben und fragen nach einem schlichten, weißen Herrenoberhemd ohne geknöpften Kragen und ohne Stickereien. Gehen Sie ruhig hin. Ich warte hier.

Na, was hat die Verkäuferin gesagt? Hab ich mir gedacht.

Sie hat geantwortet: «Tut mir leid, so etwas wird heute nicht mehr verlangt.» Merken Sie was? Sie haben heute etwas verlangt und Ihnen wurde suggeriert, Sie hätten das gar nicht getan. Stellen Sie sich jetzt einmal vor, wie oft die Verkäuferin diese Antwort heute schon gegeben hat und multiplizieren das mit Tagen und Jahren. Millionen von Menschen haben angeblich etwas nicht verlangt und laufen nun mit bescheuerten Stickereien auf ihrem Hemd herum. Wir können das Kaufhaus wieder verlassen, ich erkläre Ihnen draußen, was ich damit beweisen will.

Diese Verkäuferin sollte uns ein Vorbild sein. Sie definiert die Realität, sie ist ein Gott, der aus Rippen schnitzt. Glauben Sie mir, bald werden wir alle vergessen haben, dass es jemals unbestickte, weiße Oberhemden ohne Kragenknöpfe gegeben hat. Wir werden diese Hemden auf alten Fotos entdecken und für einen historischen Irrtum halten. Was bei Hemden funktioniert, muss auch bei anderen Dingen klappen. Zum Beispiel bei der Arbeit. Antworten Sie ihrem Arbeitgeber auf eine Dienstanweisung doch einfach: «Tut mir leid, so etwas wird heute nicht mehr verlangt.» Nach ein paar Tagen geben Sie Ihrem Sachbearbeiter beim Arbeitsamt die gleiche Antwort. Rufen Sie

Ihre Freunde und Bekannten an. Bitten Sie die, das Gleiche zu tun.

Irgendwann wird jeder davon überzeugt sein, Arbeit werde heute nicht mehr verlangt. Alle werden sich fügen, in bestickten Oberhemden in Straßencafés sitzen und über die Mode vergangener Jahrzehnte lachen. Knickerbogger, Pilzkopf, Lipgloss und Arbeit erscheinen uns dann als nicht mehr vorstellbares, staubiges Begehren eines verirrten Zeitgeistes. Falls Sie mich am Nebentisch entdecken, geben Sie mir ruhig einen Milchcafé aus. Und falls Sie mich fragen, ob es denn nicht auch irgendwo Arbeit gewesen ist, dieses Buch zu schreiben, werde ich Ihnen antworten:

Es war mir ein Vergnügen.

Sind Sie jetzt bereit?

LEKTION III: ICH HÖRE AUF ZU ARBEITEN

Gerlis Zillgens

101 Gründe, ohne Männer zu leben

118 Seiten. Serie Piper

Hand aufs Herz: Männer sind nachweislich die häufigste Geräuschbelästigung im Alltag. Türenknallen, »Tooor«-Brüllen, Schnarchen, Zähneknirschen. Und wer kennt sie nicht, die kleinen und großen Widrigkeiten, die von hygienischen Fragwürdigkeiten über sexuellen Hochleistungszwang bis zu manchmal haarsträubender Häßlichkeit reichen? Gerlis Zillgens liefert uns 101 Gründe, ohne Männer zu leben. Das Pendant zu »101 Gründe, ohne Frauen zu leben« ist eine erstklassige Retourkutsche – spritzig, liebenswert, frech!

»Gerlis Zillgens nimmt mit viel Humor die Macken unserer doch unentbehrlichen Lieblinge auf die Schippe.«
Carina

Jens Oliver Haas

101 Gründe, ohne Frauen zu leben

119 Seiten. Serie Piper

Mit messerscharfer Logik beweist Jens Oliver Haas, daß der Mann für das Zusammenleben hervorragend geeignet ist – nicht jedoch mit einer Frau. Das Ergebnis bestätigt, was wir im stillen schon immer wußten: Die Frau, ob als Mutter, als Mitbewohnerin, Freundin oder Ehefrau, macht das Leben des Mannes zum Martyrium. Mütter stricken ihren Söhnen babyblaue Pullover, um sie zu demütigen, Mitbewohnerinnen schleppen fremde Männer in die WG, um das Selbstwertgefühl ihrer Mitbewohner zu zerstören, und Freundinnen stellen den Radiowecker auf die absurdesten Zeiten. Augenzwinkernd erzählt Jens Oliver Haas aus dem Leben eines geplagten Mannes – amüsant und herzerfrischend für Menschen beiderlei Geschlechts.

SERIE PIPER

SERIE PIPER

Jens Klocke, Laabs Kowalski

101 Gründe, kein Fernsehen zu gucken

119 Seiten. Serie Piper

Es gibt 101 Gründe, kein Fernsehen zu gucken. Das jedenfalls meinen ausgerechnet die zwei Fernsehprofis Jens Klocke und Laabs Kowalski. Kritisch, witzig und frech nehmen sie das schrillste Medium des Jahrhunderts unter die Lupe. Kaum etwas entgeht ihren lästerlichen und schonungslosen Enthüllungen: Talkshows und ihre Moderatoren, Soaps, Sitcoms, Spielfilme und Serien, Quiz-Shows, Kultur- und Kindersendungen werden genußvoll durch den Kakao gezogen. Und mal ehrlich: Welchem Talkshow-Moderator würden Sie zutrauen, das Wechselgeld richtig herauszugeben? Eine humoristische Liebeserklärung für alle, die in aufrichtiger Haßliebe dem täglichen Programm verbunden sind, alle Moderatoren kennen, obwohl sie nachmittags nie fernsehen, und eine absolute Lieblingsserie haben, die sie gegen alle Welt verteidigen.

Bernd Zeller

101 Gründe, nicht zu studieren

113 Seiten. Serie Piper

Tatort Universität – jedes Jahr im Frühling und im Herbst passiert dort dasselbe: Vielversprechende junge Menschen verwandeln sich in Studenten. Statt sich einen anständigen Beruf zu suchen, erliegen sie dem Charme der Alma mater, die ihnen den jugendlichen Kopf verdreht und sie viele Jahre später, total verkorkst, wieder auf die Straße schickt. Niemand habe sie vor dieser Brutstätte der Neurosen und Psychosen gewarnt, sagen sie dann vorwurfsvoll. Doch damit ist jetzt Schluß. Bernd Zeller nennt 101 Gründe, nicht zu studieren. Der schonungslose und liebenswerte Bericht eines Insiders.

Gute-Nacht-Geschichten für Männer, die nicht einschlafen wollen

Herausgegeben von Ingrid Kahl. 143 Seiten. SP Serie Piper

Es gibt eine Alternative zu den zwei üblichen Tätigkeiten im Bett – und ihr ist dieses Buch gewidmet: Frau kann dem Manne an ihrer Seite auch etwas vorlesen. Zum Beispiel eine der Geschichten dieses Bandes, für den sechzehn Autorinnen sechzehn Erzählungen und einen Abzählreim beigesteuert haben. So gibt es kein schlafloses Herumwälzen mehr, das den eigenen Schlaf kostet. Und selbst das männliche Sägewerk kann zur Ruhe gebracht werden. Einfach vorlesen! Und daß die Geschichten nicht vom Liebesleben der Flußkiesel erzählen, sondern hineingreifen ins volle Liebesleben von Mann und Frau, versteht sich bei diesen Betthupferln von allein. Hier wird geliebt und gelitten, gestritten und Versöhnung gefeiert, daß es eine wahre Freude ist. Und alle Geschichten dienen ausschließlich dem einen guten Zweck: Vergnügen zu bereiten.

Männer-Geschichten zum Rotwerden

Über die wichtigste Sache der Welt. Herausgegeben von Sabine Blau. 252 Seiten. Serie Piper

Männer-Geschichten über Sinnlichkeit und Begehren. Zweiundzwanzig Autoren haben sich Geschichten zum Rotwerden ausgedacht, darunter Jürgen Alberts, Fred Breinersdorfer, Franzobel, Frank Goosen, Radek Knapp, Michael Köhlmeier, Sky Nonhoff, Burkhard Spinnen, Henning Venske und Zé do Rock. Lassen Sie sich überraschen, wovon die Geschichten erzählen, ob von Verführung oder Gelegenheit, vom Reiz schöner Augen oder aufregender Dessous, von Nachbars Kirschen oder Hausmannskost, ob die Liebe vor dem Sex oder der Sex vor der Liebe kommt, und vielleicht wird auch überhaupt vom Kommen die Rede sein.